息子のケンジーに

日本語版監修・翻訳　松岡佑子

目次

まえがき　デイビッド・イェーツ
6

ファンタスティック・ビーストと
黒い魔法使いの誕生
映画オリジナル脚本版
9

映画用語集
269

キャスト、クルー
271

作者について
272

まえがき

これまで多くの作家と仕事をしてきたが、ジョーほど特別な人はいない。自分の創り出した登場人物も世界も、隅々まで知り尽くしているし、私が出会った中で最もダイナミックな考え方をする人だ。しかも、これほどの成功を収めていながら、信じがたいほど地に足がついている。独特な物語の語り手であり、しかも映画製作にあたっては、まことに協力的なスピリットを持ったプロデューサーであり、シナリオライターでもある。

私が最初に「ファンタスティック・ビーストと黒い魔法使いの誕生」を読んだのは、２０１６年の春で、映画を撮り始める1年2か月前だった。シナリオは重層的で、情感豊かであり、なによりも大切なことに、独自性があった。映画製作者として、私はたくさんの贈り物と、大きな砂遊びの箱をもらったようなもの

J.K.ローリング
日本語版監修・翻訳 松岡佑子

ファンタスティックビーストと黒い魔法使いの誕生

映画オリジナル
脚本版

静山社

Original Title:
Fantastic Beasts : The Crimes of Grindelwald
The Original Screenplay

Japanese dubbing for the Warner Bros. motion picture translated by Keiko Kishida

Translation of the original screenplay for publication by Yuko Matsuoka

だった。1920年代のパリを再現するスリルを味わったり、初登場のすばらしい動物たちをひねり出したり、存在感のある登場人物やテーマが織りなす、情感豊かな幾重にも縒《よ》られた物語に分け入ったり、毎日の製作現場がワクワクする楽しいものだった。

しかし、最初にシナリオを読んだ時に、私がなによりも魅了され楽しまされたのは、登場人物だった。時代を超えた魅力的な存在であり、興味をそそられる。その全員が、ますます複雑で危険になっていく世界を航海しながら、ぎりぎりまで試される――その世界は、いかに誇張された魔法の世界であっても、ある意味で、どの時代にも当てはまる我々自身の世界を反映しているのだ。

2018年9月9日

デイビッド・イェーツ

シーン1

屋外　ニューヨーク「アメリカ合衆国《がっしゅうこく》魔法議会《まほうぎかい》（MACUSA《マクーザ》）」――1927年――夜

ニューヨークとマクーザの空撮

シーン2

屋内　マクーザ地下室　黒い壁《かべ》に囲《かこ》まれたがらんとした部屋――夜

髪《かみ》も髯《ひげ》も伸《の》びたグリンデルバルドが、魔法《まほう》で椅子《いす》に固定されてじっと座《すわ》っている。あたりは呪文《じゅもん》に満たされてちらちら光っている。

アバナシーが廊下《ろうか》からグリンデルバルドを気づかれぬようにじっと見ている。

チュパカブラ（半分トカゲで半分昆虫《こんちゅう》。南北アメリカに生息する吸血《きゅうけつ》生物）の赤《あか》ん坊《ぼう》が、グリンデルバルドの椅子《いす》に鎖《くさり》でつながれている。

シーン3　屋内　マクーザ　独房《どくぼう》の間の通路　直後——夜

セラフィーナ・ピッカリー議長とルドルフ・スピールマンが、両側にずらりと並《なら》んだガードマンの間《あいだ》を通り、急ぎ足で不吉《ふきつ》な雰囲気《ふんいき》の扉《とびら》へと歩いていく。

スピールマン（ドイツ人）……厄介払《やっかいばら》いできて嬉《うれ》しかろう。
ピッカリー　むしろずっとここに監禁《かんきん》しておきたいところですね。
スピールマン　半年で十分《じゅうぶん》だ。もう欧州《おうしゅう》で服役させるべき時だ。

扉《とびら》にたどり着くと、アバナシーが振《ふ》り返って、二人の到着《とうちゃく》を確認《かくにん》する。

アバナシー　ピッカリー議長、スピールマン様、囚人《しゅうじん》は確保《かくほ》してあり、移送《いそう》の準備《じゅんび》が整いました。

スピールマンとピッカリーが独房《どくぼう》にいるグリンデルバルドをのぞき込《こ》む。

スピールマン　あらゆる呪文《じゅもん》を掛《か》けて拘束《こうそく》したようですな。

ピッカリー　必要な措置《そち》でした。彼《かれ》は非常《ひじょう》に手強くて、看守《かんしゅ》を三回も替《か》えました——とても……説得力《せっとくりょく》があるのです。それで、舌《した》を切って黙《だま》らせました。

シーン4　屋内　マクーザの独房《どくぼう》――夜

鳥かごのような独房《どくぼう》が階段状《かいだんじょう》に並《なら》んでいる。グリンデルバルドが、縛《しば》られたまま魔法《まほう》で宙《ちゅう》に浮《う》かべられ、上階に運ばれていく間、囚人《しゅうじん》たちが鉄格子《てつごうし》を叩《たた》いたり、連呼《れんこ》したりする。

囚人《しゅうじん》たち　グリンデルバルド！　グリンデルバルド！

シーン5　屋外　マクーザの屋上――数分後――夜

八頭のセストラルに引かれた、霊柩車《れいきゅうしゃ》のような黒い馬車が待ち受けている。闇祓《やみばら》い1と2が御者台《ぎょしゃだい》に上がり、他の闇祓《やみばら》いがグリンデルバルドを馬車に押《お》し込《こ》む。

スピールマン　世界中の魔法界《まほうかい》が、あなたに深く感謝《かんしゃ》します、ピッカリー議長。

ピッカリー　彼《かれ》を侮《あなど》らぬように。

アバナシーが二人に近づく。

アバナシー　スピールマン様、彼《かれ》が隠《かく》していた杖《つえ》です。

アバナシーが黒い長方形の箱を渡《わた》す。

ピッカリー　アバナシー、例のものは？

アバナシー　これも見つけました。

アバナシーは、金色に輝《かがや》く液体《えきたい》の入ったガラスの小瓶《こびん》を手に持っている。スピールマンが手を伸《の》ばして小瓶《こびん》を取ろうとするが、鎖《くさり》に繫《つな》がっている。アバナシーは小瓶《こびん》を渡《わた》すのを一瞬《いっしゅん》ためらうが、鎖《くさり》を手放す。

小瓶《こびん》がスピールマンの手にわたるとき、馬車の中のグリンデルバルドが目を上げて、天井を見る。

スピールマンが馬車に乗り込《こ》む。闇祓《やみばら》い1が手綱《たづな》をとり、闇祓《やみばら》い2がその横に座《すわ》る。馬車の扉《とびら》が閉《し》まる。扉《とびら》からいくつもの錠前《じょうまえ》が現《あらわ》れ、ガチャガチャと不吉《ふきつ》な音をたてながら、ひとりでに錠《じょう》がかかる。

闇祓《やみばら》い1　イヤーッ！

セストラルが飛び立つ。

馬車は急降下《きゅうこうか》したのち、土砂降《どしゃぶ》りの雨の中を高々《たかだか》と飛び去る。幾人《いくにん》もの闇祓《やみばら》いたちが、箒《ほうき》に乗ってそのあとに続く。

――間

アバナシーがニワトコの杖《つえ》を持って前に進み出る。だんだん小さくなる馬車を見上げる。そして「姿《すがた》くらまし」する。

画面切り替え

シーン6　屋外　セストラルの馬車――夜

馬車の底部。アバナシーが「姿現《すがたあらわ》し」する。車軸《しゃじく》を握《にぎ》りしめている。

シーン7　屋内　セストラルの馬車——夜

スピールマンとグリンデルバルドがにらみ合って座《すわ》っている。スピールマンの脇《わき》に座《すわ》った闇祓《やみばら》いたちは、杖《つえ》をグリンデルバルドに向けている。グリンデルバルドの杖《つえ》の箱はスピールマンの膝《ひざ》の上だ。

スピールマンが小瓶《こびん》を取り上げて、鎖《くさり》の先でぶらぶらさせる。

スピールマン　達者な舌《した》もこれまでだな、え？

ところが、グリンデルバルドが変身し始める……

シーン8　屋外　セストラルの馬車――夜

馬車の底で、アバナシーが車軸《しゃじく》を握《にぎ》り替《か》える。彼《かれ》の顔も変わっていく。髪《かみ》がブロンドになって伸《の》びていく……グリンデルバルドだ。そしてニワトコの杖《つえ》を上げる。

シーン9　屋内　セストラルの馬車――夜

グリンデルバルドがみるみる変身して、もうほとんど完全に、舌《した》のないアバナシーに変わっている。

スピールマン　（ショックをうけて）オー！

シーン10

屋外　セストラルの馬車――夜

すっかり元の姿《すがた》に戻《もど》ったグリンデルバルドが、馬車の底から「姿《すがた》くらまし」する……

……そして、御者席《ぎょしゃせき》の隣《となり》に「姿現《すがたあらわ》し」する。闇祓《やみばら》い1と2がその姿《すがた》に気づくと、グリンデルバルドは杖《つえ》を手綱《たづな》に向ける。黒い手綱《たづな》が生きた蛇《へび》に変わり、闇祓《やみばら》い1に巻《ま》き付いて夜の闇《やみ》へと落下させる。闇祓《やみばら》い1は箒《ほうき》に乗った仲間たちのそばを落ちていく。

グリンデルバルドはまた呪文《じゅもん》を放ち、黒い手綱《たづな》が闇祓《やみばら》い2をさなぎのようにぐるぐる巻《ま》きにして空中に放り投げ、跳《は》ね返ってくる力を利用して馬車の後方の従《じゅう》者《しゃ》、闇祓《やみばら》い3と4をなぎ払《はら》い、馬車から落とす。三人とも闇《やみ》の中を落ちていく。

シーン11　屋内　セストラルの馬車——夜

全部の杖《つえ》が向きを変えて、スピールマンと残った二人の闇祓《やみばら》いの首を、脅《おど》すようにつつく。スピールマンは自分の杖《つえ》がほこりのように消えていくのをただ見ている。

馬車が危険《きけん》な揺《ゆ》れ方をして、両側の扉《とびら》が開く。窓《まど》にグリンデルバルドの顔が現《あらわ》れ、パニックに陥《おちい》ったスピールマンは、膝《ひざ》の上の杖《つえ》の箱を開く。中からチュパカブラが飛び出し、スピールマンの首に深々《ふかぶか》と牙《きば》を突《つ》き立てる。スピールマンは格闘《かくとう》する。ガラスの小瓶《こびん》が床《ゆか》に落ちる。

シーン12 屋外　セストラルの馬車――夜

グリンデルバルドは馬車をハドソン川に向け、箒《ほうき》に乗った闇祓《やみばら》いたちが馬車を追ってくる。馬車の車輪が川面《かわも》をかすめる。箒《ほうき》の闇祓《やみばら》いたちが追いついてくる。

グリンデルバルドがニワトコの杖《つえ》で川に触《ふ》れると、たちまち馬車に水が満ちてくる。

彼《かれ》は再《ふたた》び馬車を空中に引き上げる。

シーン13　屋内　セストラルの馬車――夜

天井まで水の満ちた馬車の中で、二人の闇祓《やみばら》いとスピールマン、そしてアバナシーは息を詰《つ》める。

スピールマンは水に漂《ただよ》う小瓶《こびん》を捕《つか》まえようとするが、チュパカブラに阻《はば》まれる。両手を縛《しば》られたままのアバナシーが、かろうじて口で小瓶《こびん》を捕《つか》まえる。

シーン14　屋内　セストラルの馬車――夜

グリンデルバルドは、馬車を御《ぎょ》しながら、あたりの雷雲《らいうん》に向かって杖《つえ》を振《ふ》り回す。稲妻《いなずま》が箒《ほうき》に乗った闇祓《やみばら》いたちを一人また一人と打ち、箒《ほうき》からたたき落とす。

シーン15

屋内　セストラルの馬車――夜

グリンデルバルドが馬車の扉《とびら》のところに現《あらわ》れ、アバナシーに向かって軽く頷《うなず》く。そして扉《とびら》を開け、中の水を流し出す――二人の闇祓《やみばら》いも一緒《いっしょ》に。グリンデルバルドは馬車に乗り込《こ》み、鎖《くさり》をつかんで、アバナシーの口からガラスの小瓶《こびん》を取りもどす。そして呪文《じゅもん》をかけ、アバナシーに新しい舌《した》を与《あた》える――舌《した》の先が蛇《へび》のように割《わ》れている。

グリンデルバルド　友よ、君は我《わ》が大義《たいぎ》に加わったのだ。

グリンデルバルドは小さなチュパカブラをスピールマンの首からもぎり取る。チュパカブラは、甘《あま》えるように、グリンデルバルドの手に血だらけの顔をこすりつける。

グリンデルバルド　もういい、わかったよ、アントニオ。

グリンデルバルドはおぞましげにチュパカブラを見る。

グリンデルバルド　しつこい甘《あま》ったれめ。

そしてチュパカブラを外に放り投げる。

次に、開いている扉《とびら》からスピールマンを魔《ま》法《ほう》で吹《ふ》き飛ばし、続いて杖《つえ》を一本放り投げる。

シーン16

屋外　大西洋の上空——夜

落下しながらなんとか杖《つえ》をつかんだスピールマンは、グリンデルバルドのかけた「クッション呪文《じゅもん》」で、ゆっくりと海に向かって落ち、自分の馬車が、欧州《おうしゅう》の空に向かって矢のように飛び去るのを見ている。

シーン17

屋外　曇《くも》り空のロンドン　官庁街《かんちょうがい》の ホワイトホール通り——午後——三か月後

陰気な静けさ。俯瞰ショット

一羽のふくろうが魔法省《まほうしょう》に下りていく。

シーン18

屋内　イギリス魔《ま》法《ほう》省《しょう》――午後

ニュート・スキャマンダー――が一人、待合用の薄暗《うすぐら》い場所で、ぼんやり空《くう》を見つめている。ふと、何かが手首を引っ張《ば》るのを感じる。見下ろすと、ボウトラックルのピケットが、ほつれたカフスの糸にぶら下がって揺《ゆ》れている。

糸が切れ、ピケットが落ちる。ニュートのボタンが廊下《ろうか》を転がっていく。ニュートとピケットがそれを見つめる。

――間

二人ともボタンを追いかける。ニュートがかろうじて先にボタンにたどり着く。拾い上げていると、目の前に女性《じょせい》の両足が立っている。

リタ　ニュート、みんなが呼《よ》んでいるわ。

ニュートが体を起こす。目の前にいるのはリタ・レストレンジ。美しい女性《じょせい》が微笑《ほほえ》んでいる。ニュートはボタンとピケットをポケットに押《お》し込《こ》む。

ニュート　リタ……どうしてここに？

リタ　テセウスが、私《わたし》も魔法省《まほうしょう》のファミリーになるといって。

ニュート　「魔法省《まほうしょう》がファミリー」だって、そういう言い方をしたの？

リタは小さく笑う。二人は廊下《ろうか》を歩き始める。張《は》り詰《つ》めた雰囲気《ふんいき》。長い歴史《れきし》がある。

ニュート　兄らしい言い方だ。

リタ　あなたが夕食に来てくださらないので、テセウスが嘆《なげ》いていたわ。招待《しょうたい》を全部断《ことわ》られたのですもの。

ニュート　ああ、忙《いそが》しくて。

リタ　兄弟でしょう。ニュート、彼《かれ》はあなたと過《す》ごしたいのよ。私《わたし》もよ。

ニュートは、ピケットがコートの折り返し襟《えり》によじ登ろうとしているのを見つけ、コートの胸《むね》ポケットを開ける。

ニュート　（ピケットに）オイ、ピック、入ってろ。

ピケットはぬくぬくとポケットに収《おさ》まる。

リタ　（微笑《ほほえ》みながら）あなたはどうして変な生き物たちに好かれるのかしら？

ニュート　ああ、変な生き物なんていない――

リタ　「――そう言う人は心が狭《せま》いだけ」

リタがまた微笑《ほほえ》む。ニュートは——ただ——付き合いで微笑《ほほえ》む。

リタ　プレンダガスト先生にそう言って、居残《いのこ》りさせられたことがあったわね。

ニュート　あの時はたしか一か月も。

リタ　私《わたし》も居残《いのこ》りに付き合いたくて、先生の机《つくえ》の下で糞爆弾《くそばくだん》を破裂《はれつ》させた。覚えてる？

二人は、お役所的で怖《こわ》そうな扉《とびら》が見えるところまで来る。会議室だ。中からテセウス・スキャマンダー——が出てくる。

ニュート　いや、覚えてない。

にべもない拒絶《きょぜつ》を受けて、リタは立ち止まる。ニュートはテセウスの方に歩いていく。ニュートによく似《に》ているが、もっと外向的で余裕《よゆう》のある態度《たいど》だ。テセウスはリタにウインクしてからニュートの方を見る。

テセウス　やあ。
リタ　テセウス、ニュートに夕食に来るように誘《さそ》っていたの。
テセウス　そうか？　えーと……部屋に入る前に、一言……
ニュート　――テセウス、これで五回目だ。やり方はわかってる。
テセウス　今までとは違《ちが》うんだ。今回は……。とにかく頑固《がんこ》になるな、いいか？　それにもう少し――。

テセウスは、ピケット、ニュートのブルーのコート、クシャクシャな髪《かみ》を示唆《しさ》している。

ニュート　――僕《ぼく》らしくなくなれって？
テセウス　（温かみのある言い方で）まあ、やってみて損《そん》はない。さあ、行こう。

シーン19　屋内　イギリス魔法省《まほうしょう》調査室《ちょうさしつ》――午後

ニュートとテセウスが部屋に入る。トーキル・トラバース（無慈悲《むじひ》で性悪《しょうわる》）、アーノルド・グズマン（アメリカ人）、ルドルフ・スピールマン（グリンデルバルドに逃《に》げられた痛手《いたで》が残り、首には噛《か》み傷《きず》が生々《なまなま》しい）の三人が、すでに着席している。

二つの空席に、ニュートとテセウスが座《すわ》る。部屋の隅《すみ》は暗い。

トラバース　聞き取りを始める。

羽根ペンが勝手に書き始める。トラバースが手前のファイルを開く。ニュートの「お尋《たず》ね者」の写真とニューヨークでのオブスキュラスによる被害《ひがい》の跡《あと》の写真がある。

トラバース　国外への旅行禁止令《きんしれい》を解《と》いてほしいとのことだが、理由は？

ニュート　国外に旅行したいからです。

スピールマン　（自分のファイルを読み上げる）当該《とうがい》の者は非《ひ》協力的で、前回の旅行の理由をはぐらかしている。

全員がニュートを見て答えを待つ。

ニュート　あれは調査《ちょうさ》旅行でした。魔法《まほう》動物の本を書く材料を集めていたのです。

トラバース　君はニューヨークの半分を破壊《はかい》した。

ニュート　いいえ、それは二つの理由で事実と違《ちが》う――
テセウス　（低いが強い口調で）ニュート！
ニュートは口をつぐんで、顔をしかめる。
グズマン　スキャマンダー君、君は不満だろうが、正直言って我々《われわれ》も同じだ。歩み寄《よ》りの精神《せいしん》で、一つ提案《ていあん》がある。
ニュートは悪い予感がしてちらりとテセウスを見る。テセウスが頷《うなず》く。聞くんだ。
ニュート　どんな提案《ていあん》ですか？
トラバース　委員会として国外旅行を認《みと》める代わりに、条件《じょうけん》を飲んでもらう。
ニュートは待つ。スピールマンが身を乗り出す。

スピールマン　魔法省《まほうしょう》に入るのだ。具体的には君の兄さんの部署《ぶしょ》に所属《しょぞく》する。

ニュートは提案《ていあん》に戸惑《とまど》い、そして――

ニュート　いや、僕《ぼく》は――それは僕《ぼく》に向いていない――テセウスは闇祓《やみばら》いだ。僕《ぼく》の能力《のうりょく》はほかのところにある――

グズマン　スキャマンダー――君、魔法界《まほうかい》と非魔法界《ひまほうかい》はこれまで一世紀《せいき》以上平和共存《きょうぞん》してきた。グリンデルバルドはそれを壊《こわ》そうとしている。しかも、魔法界《まほうかい》の一部の者にとって、彼《かれ》のメッセージは非常《ひじょう》に魅力《みりょく》的だ。特に純血《じゅんけつ》の一族は、魔法界《まほうかい》ばかりか人間界をも支配《しはい》するのが、生得《しょうとく》の権利《けんり》だと考えている。彼《かれ》らが英雄視《えいゆうし》するグリンデルバルドは、この若者《わかもの》を利用して野望を実現《じつげん》しようとしている。

これを聞いて、ニュートは顔をしかめ、テーブルの表面に浮《う》かび出たクリーデンスの顔をじっと見る。

ニュート すみませんが、クリーデンスがまだ生きているかのような話しぶりだ。

テセウス ニュート、彼《かれ》は生き延《の》びた。

ニュートは言葉を失い、テセウスを見つめる。
テセウスが頷《うなず》く。

テセウス 生きていて、何か月も前にニューヨークを出た。今はヨーロッパのどこかにいる。場所は特定できないが、しかし――

ニュート それで、僕《ぼく》にクリーデンスを探《さが》せと？　殺《ころ》すために？

部屋の隅《すみ》の暗がりから、低い嫌《いや》な笑い声。

グリムソン　相変わらずだな、スキャマンダー。

ニュートは声にぎくりと反応《はんのう》する。グリムソンが明るみに出てくる。傷《きず》だらけで残酷《ざんこく》な「賞金稼《しょうきんかせ》ぎの魔法《まほう》動物ハンター」だ。

ニュート　(怒《おこ》って) 何しに来た?

グリムソン　君が甘《あま》すぎてできない仕事を引き受けに来た。

グリムソンがテーブルに近寄《ちかよ》る。クリーデンスのゴーストのようなイメージが、魔法《まほう》のかかったテーブルの表面でちらちら揺《ゆ》らめいている。

グリムソン　(クリーデンスのことを) こいつがそうか?

ニュートは憤然《ふんぜん》と立ち上がり、荒々《あらあら》しく出口にむかう。

トラバース　（ニュートの背後《はいご》から）旅行の申請《しんせい》は却下《きゃっか》！

テセウスが閉《し》まる扉《とびら》をじっと見ている。委員会は驚《おどろ》いた様子もなく、にやにや笑っているグリムソンに視線《しせん》を移《うつ》す。

シーン20　屋内　イギリス魔《ま》法《ほう》省《しょう》の廊《ろう》下《か》――午後

テセウスがニュートの後を追う。

テセウス　ニュート！

ニュートが立ち止まって振《ふ》り返る。

テセウス　（いらだって）グリムソンを使うのは、私《わたし》だって嫌《いや》なんだ。
ニュート　テセウス、目的のためには手段《しゅだん》を選ばず、なんて聞きたくない。
テセウス　見ザル聞かザルでは現実《げんじつ》は見えないぞ！
ニュート　（憤慨《ふんがい》して）オーケー、どうせ僕《ぼく》は自分勝手で……無責任《むせきにん》で……
テセウス　どちら側に付くか、選択《せんたく》を迫《せま》られる時がくる。君だって。
ニュート　僕《ぼく》にはどっちの側なんて関係ない。
テセウス　ニュート……

ニュートが踵《きびす》を返して去りかけるが、追ってきたテセウスが腕《うで》をつかんで引き止める。

テセウス　来いよ。（引き寄《よ》せてハグする）

ニュートはハグを返さないが、突《つ》き放しもしない。

テセウス　（ニュートの耳元で）君は見張《みは》られている。

シーン21　屋内　魔《ま》法《ほう》省《しょう》の調《ちょう》査《さ》室《しつ》――午後

グリムソンがニュートのいた席に座《すわ》って、委員会と向き合っている。

グリムソン　それじゃ、よろしいですな、これは私《わたし》の任《にん》務《む》ということで。

シーン22

屋外　パリの高級住宅街《じゅうたくがい》の家並《やなみ》――午後

俯瞰ショット

シーン23

屋外　十九世紀《せいき》のパリの家が並《なら》ぶエレガントな通り――午後

グリンデルバルドとアコライト（信奉者《しんぼうしゃ》）たちが通りに立っている。グリンデルバルドがひときわ立派《りっぱ》な館をステッキで指す。

霊柩《れいきゅう》馬車の到着《とうちゃく》を告《つ》げるガタゴトという音。

ナーゲル、クロール、カロー（女性《じょせい》）、アバナシー、クラフト、ロジエール（女性《じょせい》）、マクダフが館の玄関《げんかん》に近づく。クロールが呪文《じゅもん》でドアを開け、アコライトたちが家に入る。

家の主人のパリ市民　（声のみ o.s.）（妻《つま》に呼《よ》び掛《か》けて）シェリ？
妻《つま》　（声のみ o.s.）（心配そうに）キ　エ　ラ（どなた）？

グリンデルバルドは冷静に通りを眺《なが》めまわし、ステッキで敷石《しきいし》をコツコツ叩《たた》きながら部下の首尾《しゅび》を待っている。

緑の閃光《せんこう》が走る——死の呪文《じゅもん》だ。ドアが開き、黒い棺《ひつぎ》が二つ出てくる。グリンデルバルドは、ナーゲルとクラフトが棺《ひつぎ》を馬車に乗せるのを見ている。

シーン24

屋内　グリンデルバルドの隠《かく》れ本部
客間――午後

グリンデルバルドが、今殺《あや》めたばかりの上流階級家族が使っていた、エレガントな家財《かざい》道具などを見回して品定めしている。

グリンデルバルド　よし。徹底《てってい》的に浄化《じょうか》すれば住めるだろう。
(ナーゲルに) サーカスに行って、クリーデンスにこのメモを渡《わた》せ。あいつの旅が始まる。

ナーゲルが頷《うなず》いて出かける。

ロジエール　私《わたし》たちが勝てば、何百万人と街から逃《に》げ出すでしょう。彼《かれ》らの時代は終わりね。

グリンデルバルド　声高《こわだか》にそうは言うな。我《われ》らはただ自由が欲《ほ》しいだけだ。我々《われわれ》らしくある自由だ。
ロジエール　非魔法族《ひまほうぞく》を全滅《ぜんめつ》させる自由。
グリンデルバルド　全滅《ぜんめつ》ではない。我々《われわれ》にも慈悲《じひ》はある。家畜《かちく》は必要だからな。

近くで赤《あか》ん坊《ぼう》の声がする。

シーン25
屋内　グリンデルバルドの隠《かく》れ本部
子供部屋《こどもべや》——午後

グリンデルバルドが入ってくる。幼《おさな》い男の子が、不思議そうに見上げる。グリンデルバルドはその子をしばらくながめるが、やがてカローに向かって頷《うなず》き、背《せ》を向けて部屋を出ていく。

グリンデルバルドがドアを閉《し》めて出るとき、また緑の閃光《せんこう》が走る。

シーン26 屋外 ロンドンの裏《うら》路地――夕方

ニュートが「姿現《すがたあらわ》し」して、だんだん荒《あ》れ模様《もよう》になってきた空の下を、急ぎ足で歩いていく。その直後、闇祓《やみばら》いのステビンズが、ニュートの数メートル後ろに「姿現《すがたあらわ》し」する。ここ一時間ほど、ずっとこの追跡《ついせき》ゲームが繰《く》り返されていた。

ニュートは角を曲がってより暗い路地に入り、その角から外をうかがい、杖《つえ》をステビンズに向ける。

ニュート （小声でs.v.）ヴェンタス 吹《ふ》き飛べ

ステビンズだけが、たちまち一人用のハリケーンに巻《ま》き込《こ》まれる。帽子《ぼうし》が飛ばされていくのを見て、通りすがりのマグルたちは、訳《わけ》が分からず面白がる。ステビンズは風で足元を奪《うば》われそうになり、前に進めない。

ニュートはニヤッと笑いながら、路地の暗がりで壁《かべ》に寄《よ》り掛《か》かったまま頭を引っ込《こ》める。すると目の前に、黒い手袋《てぶくろ》の片方《かたほう》だけが浮《う》かんでいるのに気づく。

ニュートは無表情《むひょうじょう》で手袋《てぶくろ》を見る。手袋《てぶくろ》が軽く手招《てまね》きし、遠くの方を指さす。

ニュートがその先を見ると、セント・ポール大聖堂《だいせいどう》の高いドームの上に見える小さな人影《ひとかげ》が、片腕《かたうで》を上げる。

ニュートが手袋《てぶくろ》に視線《しせん》を戻《もど》すと、握手《あくしゅ》するような格好《かっこう》をしている。ニュートはそれを握《にぎ》り、手袋《てぶくろ》もろとも「姿《すがた》くらまし」する——

シーン27

屋外　セント・ポール大聖堂《だいせいどう》のドーム
——夕方

——「姿現《すがたあらわ》し」した場所は、白いものの混《ま》じったとび色の髪《かみ》と髯《ひげ》、45歳《さい》のダンディっぽい魔法使《まほうつか》いのそばだ。ニュートは手袋《てぶくろ》を持ち主に返す。

ニュート　ダンブルドア先生。
(面白がって) もっと目立たない屋上は、もう先約でいっぱいだったわけですか?

ダンブルドア　(ロンドンを見下ろして) 景色を眺《なが》めるのが好きなのでね。
ネビュラス　霧《きり》よ

霧《きり》が渦《うず》を巻《ま》いてロンドンの街を覆《おお》っていく。

二人は「姿《すがた》くらまし」する。

シーン28　屋外　トラファルガー広場――夕方

ダンブルドアとニュートが、「姿現《すがたあらわ》し」して、「ランドシーアのライオンたち」と呼称《こしょう》される巨大《きょだい》なブロンズ像《ぞう》のそばを通り過《す》ぎていく。空はだんだん暗くなり、ますます不穏《ふおん》な雰囲気《ふんいき》になる。二人が近づくと、鳩《はと》の群れが飛び立つ。

ダンブルドア　どうだったね？

ニュート　魔法省《まほうしょう》はまだ、あなたの指示で僕《ぼく》がニューヨークに送られたと思っています。

ダンブルドア　否定《ひてい》したかね？

ニュート　ええ。あなたの指示でしたけど。

間。ダンブルドアはうかがい知れない表情《ひょうじょう》。ニュートは答えを望んでいる。

ニュート　密輸《みつゆ》されたサンダーバードの居場所《いばしょ》を教えてくれたのはあなたでした。僕《ぼく》があの鳥を故郷《こきょう》のアリゾナ州に戻《もど》すだろうことも、マグルの港を通過《つうか》しなければならないことも、あなたはご存《ぞん》じだった。

ダンブルドア　私《わたし》は偉大《いだい》な魔法《まほう》の鳥に愛着を持っていてね。ダンブルドア家には、一族の窮地《きゅうち》に不死鳥が現《あらわ》れるという言い伝えがある。曾祖《そうそ》父《ふ》のもとに現《あらわ》れたそうだが、彼《かれ》が亡《な》くなった時に飛び去り、二度と戻《もど》らなかった。

ニュート　お言葉ですが、それが理由で私《わたし》にサンダーバードのことを教えたとは思えません。

背後《はいご》で物音。暗がりから一人の男の影《かげ》が現《あらわ》れる。二人は「姿《すがた》くらまし」する。

シーン29　屋外　ビクトリア・バス・ステーション　──夕方

近くで足音がする。二人とも杖《つえ》を構《かま》えるが、足音は遠のく。二人は歩き続ける。

ダンブルドア　ニュート、クリーデンスはパリにいる。自分の実の家族を探《さが》そうとしている。彼《かれ》の素性《すじょう》について、噂《うわさ》を聞いたことがあるだろうね？

ニュート　いいえ。

ダンブルドアとニュートは、停車《ていしゃ》している空《から》のバスに乗り込《こ》む。

ダンブルドア　純血《じゅんけつ》の者たちの考えでは、彼《かれ》がさるフランスの重要な純血《じゅんけつ》一族の最後の一人、死んだと思われている赤《あか》ん坊《ぼう》だと……

二人は目を見かわす。ニュートは驚愕《きょうがく》している。

ニュート　まさかリタの弟？

ダンブルドア　そういう噂《うわさ》だ。純血《じゅんけつ》だろうがなかろうが、オブスキュラスが、愛に飢《う》えた者の闇《やみ》の双子《ふたご》、唯一《ゆいいつ》の友として生まれることは確《たし》かだ。クリーデンスに本当の姉か兄がいて、愛を与《あた》えれば、彼《かれ》はまだ救《すく》えるかもしれない。

（間）

クリーデンスがパリのどこにいようとも、彼《かれ》の身が危険《きけん》だし、クリーデンス自身が危険《きけん》そのものだ。彼《かれ》の素性《すじょう》はまだわからないが、とにかく見つけなければ。君が見つけてくれるだろうと願っているのだがね。

ダンブルドアはどこからともなくニコラス・フラメルの名刺《めいし》を取り出す。

ニュートはいぶかしげにそれを見る。

ニュート　何ですか?

ダンブルドア　私《わたし》のとても古い知人の住所だ。魔法《まほう》で守られた、パリの安全な家だ。

ニュート　安全な家?　どうしてパリにそういう家が必要なのですか?

ダンブルドア　必要がなければよいが、非常《ひじょう》にまずい状況《じょうきょう》になった場合、行き場所があるのはよいことだ。お茶でも飲みにね。

ニュート　待ってくださいーー絶対《ぜったい》にいやです。

シーン30　屋外　ランベス橋——夜

二人は橋の上に「姿現《すがたあらわ》し」する。

ニュート　ダンブルドア、僕《ぼく》は国外に出るのを禁《きん》じられています。出国したら、アズカバン行きで、連中は牢《ろう》のカギを捨《す》ててしまう。

ダンブルドアが足を止める。

ダンブルドア　ニュート、私《わたし》がなぜ君を敬愛《けいあい》していると思うかね？　私《わたし》の知っているほかの誰《だれ》よりもだ。
(ニュートの驚《おどろ》きの反応《はんのう》を見て)君は権力《けんりょく》や名声を求めない。
ただ、これは正しいことか？　と自問する。そして正しいなら、どんな犠牲《ぎせい》もいとわずに実行する。

ダンブルドアがまた歩きだす。

ニュート　それは光栄です。でもダンブルドア、失礼ですが、どうしてご自身で行かれないのですか？

二人とも立ち止まる。

ダンブルドア　私《わたし》はグリンデルバルドと戦えない。君でなければならないのだ。
（間）
まあ、そうだろうな。私《わたし》が君の立場なら、たぶん断《ことわ》る。もう夜も遅《おそ》い。おやすみ、ニュート。

ダンブルドアが「姿《すがた》くらまし」する。

ニュート　まったくもう！

ダンブルドアの手袋《てぶくろ》が片方《かたほう》、また現《あらわ》れて、安全な家の住所を書いた名刺《めいし》を、ニュートの上着の胸《むね》ポケットに差し込《こ》む。

ニュート　（憤慨《ふんがい》して）ダンブルドア。

シーン31　屋外　ニュートの家のある通り――夜

俯瞰ショット　黄色いレンガ造《づく》りの、ありきたりのビクトリア朝様式の建物が並《なら》ぶ通り。雨がポツポツ降《ふ》り出す。ニュートは足早に玄関《げんかん》前の石段《いしだん》を上るが、戸口で立ち止まる。ニュートの居間《いま》の明かりが付いたり消えたりしている。

シーン32

屋内　ニュートの家——夜

ニュートが玄関《げんかん》のドアを用心深く開ける。中では、赤ちゃんニフラーが、電気スタンドの真鍮《しんちゅう》の鎖《くさり》にぶら下がってゆすっている。鎖《くさり》を引っ張《ば》るたびに明かりが点滅《てんめつ》するのだ。赤ちゃんニフラーは、まんまと鎖《くさり》を盗《ぬす》んでからニュートに気づく。あわてて駆《か》け出したニフラーは、行く手にある何もかもを床《ゆか》に落として逃《に》げる。

ニュートは、二匹《ひき》目の赤ちゃんニフラーが天秤《てんびん》ばかりの一方に座《すわ》り込《こ》んでいるのを見つける。金色の重りに押《お》さえつけられているが、間違《まちが》いなく盗《ぬす》もうとしている。

一匹《ぴき》目が食卓《しょくたく》まで逃《に》げてきたところへ、ニュートがソースパンを上からそっと落とす。ソースパンはそのまま食卓《しょくたく》の端《はし》へと動いていく。ニュートは天秤《てんびん》ばかりの反対の受け皿にリンゴを落とす。重りの側にいた二匹《ひき》目の赤ちゃんニフラーは空中に放り投げられる。ニュートが二匹《ひき》とも、落ちてくるところを受け止めてポケットに突《つ》っ込《こ》む。

ニュートは満足して地下室へのドアに向かうが、最後に振《ふ》り返ると、逃《に》げ出した三匹《びき》目の赤ちゃんニフラーが、カウンターに置かれたシャンパンのボトルをよじ登って、コルク栓《せん》の針金《はりがね》をいじり、コルクを包んでいる金色の紙をねらっているのが目に入る。当然シャンパンの栓《せん》がポンと抜《ぬ》け、コルクに乗った赤ちゃんニフラーはニュートの方に飛んできて、そばを通り過《す》ぎ、地下室に続く階段《かいだん》へと落ちていく。

シーン33

屋内　ニュートの家の地下飼育室《しいくしつ》しばらくして――夜

魔法《まほう》動物の巨大《きょだい》な施療院《せりょういん》。

ニュート　バンティ！　バンティ！　バンティ、赤ちゃんニフラーがまた逃《に》げたよ！

（ニフラーたちに）オイ！　オー。

ニュートの助手のバンティが、急いでやってくる。平凡《へいぼん》な女性《じょせい》。動物が大好きで、ニュートにぞっこんほれ込《こ》んでいる。赤ちゃんニフラーをニュートから受け取った手の指に、真新しい包帯が巻《ま》かれている。

バンティが三匹《びき》目の赤ちゃんニフラー――シャンパンのコルク栓《せん》に乗って来た

——を金のネックレスでおびき寄《よ》せ、三匹《びき》とも巣に押《お》し込《こ》む。巣は輝《かがや》くものでいっぱいだ。

ニュート お見事。
バンティ すみません。オーグリーの巣を掃除《そうじ》しているすきに、カギを開けたに違《ちが》いありませんわ。
ニュート 気にしないで。

ニュートとバンティが一緒《いっしょ》に動物村の囲《かこ》い地の間を歩いていく。

バンティ んー……私《わたし》、ほとんど全部に餌《えさ》をあげました。ピンキーには鼻用の水薬をあげたし——。
ニュート ——エルシーは？
バンティ 糞《ふん》はほとんど正常《せいじょう》に戻《もど》りました。
ニュート よかった。もう帰っていいよ——

バンティ　（バンティの指を見て）ケルピーは僕《ぼく》に任《まか》せておけって言ったのに。
ニュート　あの傷《きず》にはもっと軟膏《なんこう》を塗《ぬ》らないと――
　そのために君の指がなくなったら困《こま》る。

ニュートは大きな池に向かってどんどん歩く。バンティもあとから小走りについていく。ニュートが自分を気づかってくれたことに感激《かんげき》している。

ニュート　バンティ、ほんとにもう帰って。疲《つか》れただろう。
バンティ　でも、ケルピーは二人がかりの方が扱《あつか》いやすいし。

二人は大きな池に近づく。ニュートが、そのそばにかけてある手綱《たづな》を外す。

バンティ　（願いをこめて）シャツもお脱《ぬ》ぎになっては？
ニュート　（無頓着《むとんじゃく》に）心配いらないよ。すぐに乾《かわ》かすから。

ニュートは笑顔を見せて、後ろ向きにダイブする。ケルピーが水しぶきをあげて姿《すがた》を現《あらわ》す。半分ゴーストのような巨大《きょだい》な馬の姿《すがた》で、ニュートをおぼれさせようとする。ニュートは首をつかんで、やっとのことで暴《あば》れまわるケルピーの背中《せなか》に乗る。

ニュートを乗せたまま、ケルピーが潜《もぐ》る。バンティが、はらはらしながら待っている。

フーッ――ニュートが水から飛び出す。ケルピーに手綱《たづな》が付けられている。おとなしくなったケルピーがたてがみを振《ふ》る。バンティはびしょびしょのシャツを着たニュートの姿《すがた》を見て、うっとりしている。

ニュート　ストレスがたまってたらしいな。バンティ、軟膏《なんこう》は？

バンティが薬を渡《わた》す。ケルピーを降《お》りたニュートが、その首に軟膏《なんこう》を塗《ぬ》る。

ニュート　またバンティを噛《か》んだりしたら、お仕置きだよ。

その時、上で大きな衝撃音《しょうげきおん》がする。二人とも上を見る。

バンティ　（怖《こわ》がって）何でしょう？

ニュート　さあ。でもバンティ、君はもう帰って。

バンティ　魔法省《まほうしょう》を呼《よ》びますか？

ニュート　いや、いいから君は帰ってくれ。

シーン34

屋内　ニュートの家の階段《かいだん》——すぐ後——夜

ニュートが居間《いま》への階段《かいだん》を上っていく。杖《つえ》を構《かま》え、いったい何だろうと思いながら、最悪の事態《じたい》に備《そな》えている。ドアを押《お》し開ける。

シーン35

屋内　ニュートの居間《いま》——夜

質素《しっそ》な独身者《どくしんしゃ》の部屋。ニュートの本当の生活の場は地下室にある。

ジェイコブ・コワルスキーとクイニー・ゴールドスタインが部屋の中に立っている。そばにスーツケースがある。クイニーはそわそわと落ち着かず、興奮《こうふん》している。ジェイコブは、ピントが外れた感じで、酔《よ》っているのか、陽気すぎる。たった今自分が壊《こわ》した、ニュートの花瓶《かびん》の残骸《ざんがい》を手に持っている。

クイニー ねえ、そのかけら、よこして……それこっちに。
(ささやくように) ねえ、ハニー、それをこっちによこして。んもう!

ジェイコブ (ニュートを見て) あいつは気にしないよ。ほら。

ニュート あ……

ジェイコブ (大声で) **よう! ニュート! こっちに来い、このやろ。**

ジェイコブがニュートに抱《だ》きつく。ニュートはうれしい一方、困惑《こんわく》している。

クイニー ニュート、ごめんなさいね、勝手に入っちゃって——雨が——土砂降《どしゃぶ》り! ロンドンって寒い!

ニュート (ジェイコブに) でも君、忘却《オブリビエイト》させられたはずだ!

ジェイコブ　そうさ！
ニュート　それじゃ……でも……
ジェイコブ　効《き》かなかったぜ、つまり、君が言ったとおり、薬は悪い記憶《きおく》だけを消す。俺《おれ》にはそんなのがなかった。あ、もちろん奇妙《きみょう》な記《き》憶《おく》はあったけど。でもこの天使が……消えたところは全部埋《う》めてくれた。だからこうなったのさ、そうだろ？
ニュート　（狂喜《きょうき》して）そりゃよかった！

ニュートがあたりを見回す。ティナもいるはずだ。

ニュート　ティナ……は？　ティナ？
クイニー　あ、私《わたし》たちだけなの、私《わたし》とジェイコブ。
ニュート　そう。
クイニー　（居心地《いごこち》悪そうに）夕食をつくりましょうか。ん？
ジェイコブ　いいね！

シーン36

屋内　ニュートの居間《いま》——五分後——夜

三人が、ニュートの不揃《ふぞろ》いな食器の置かれた食卓《しょくたく》についている。ティナがいないことで、しっくりしない雰囲気《ふんいき》。クイニーのスーツケースが、開けっぱなしでソファに置かれている。ジェイコブは座《すわ》らされてナプキンをつけられている。

クイニー　ティナと私《わたし》、口をきかないの。

ニュート　どうして？

ジェイコブの主観ショット——酔《よ》ってご機嫌《きげん》な時のように、ピンクでぼんやりしている。

クイニー　まあね、ほら、ティーンは私《わたし》とジェイコブが付き合っていると知って、気に入らなかったの。だって、『法律《ほうりつ》』があるでしょ。(引用の意味のカギかっこを指で描《えが》く)。ノー・マジとデートすべからず。結婚《けっこん》すべからず、あれもダメ、これもダメよ。でもね、もともとティナは取り乱《みだ》してたの。あなたのことで。

ニュート　僕《ぼく》?

クイニー　そう、ニュート、あなたよ。「スペルバウンド誌《し》」。ほら――持ってきてあげたわ――

クイニーがスーツケースに杖《つえ》を向ける。ゴシップ誌《し》が飛んでくる。「スペルバウンド(魅《み》せられて)」「有名人の秘密《ひみつ》、スターたちの『呪文《じゅもん》のヒント』!」表紙には、不自然に美化されたニュートと、ありえないほどにっこり笑っているニフラーが一匹《ぴき》。**「魔法動物調教師《まほうどうぶつちょうきょうし》、ニュートが結婚《けっこん》」**

クイニーが雑誌《ざっし》を開く。テセウス、リタ、ニュート、バンティが、ニュートの本の出版《しゅっぱん》記念で並《なら》んで立っている。

クイニー　（ニュートに見せながら）『ニュート・スキャマンダーと婚約者《こんやくしゃ》のリタ・レストレンジ。兄のテセウス、姓名《せいめい》不詳《ふしょう》の女性《じょせい》』

ニュート　違《ちが》う。リタと結婚《けっこん》するのはテセウス。僕《ぼく》じゃない。

クイニー　まあ！　あらら……ねえ、ティーンがこれを読んだの、そしてほかの人とデートし始めたわ。闇祓《やみばら》いで、名前はアキレス・トリバー。

沈黙《ちんもく》。それからニュートは、ジェイコブの状態《じょうたい》に気づき始める。だらしない食べ方をしている。一人で鼻歌を歌い、塩を飲もうとする。クイニーがそれを取り上げ、かわりにコップを持たせてごまかそうとする。

クイニー　とにかく……ここに来れてうれしいわ、ニュート。この旅は――あのね、特別なのよ。私《わたし》、ジェイコブと結婚《けっこん》するの。

クイニーが婚約《こんやく》指輪をニュートに見せる。ジェイコブはその瞬間《しゅんかん》を祝おうと立ち上がるが、ビールを自分の顔に浴びせる。

ジェイコブ　ジェイコブと結婚《けっこん》するの！

何が起こっているかはっきり分かったニュートが、クイニーをにらむ。

ニュート　（声のみ v. o.）（頭の中で）ジェイコブに『魅惑《みわく》の呪文《じゅもん》』をかけたんだろう、え？

クイニー　（ニュートの心を読んで）え？　かけてないわ。

ニュート　心を読むのをやめてくれないか？

クイニー　（頭の中で）クイニー、来たくないジェイコブを連れてきたな。まあ、止《や》めてよ、そんな人聞きの悪い。見て、この人幸せそうでしょ。とっても！

ニュート　（杖《つえ》を取り出して）なら、僕《ぼく》がこうしてもかまわないだろう

――

クイニーはパッと立ち上がって、ジェイコブの前に立ちふさがる。

クイニー　止《や》めて！

ニュート　クイニー、ジェイコブが結婚《けっこん》したいなら、何も心配はいらない。魔法《まほう》を解《と》いて、自分の口でそう言わせればいい。

辛《つら》い数秒間。クイニーがやっと脇《わき》によける。

ジェイコブ　何する気だ？　いったいそいつで何を？　ミスター・スキャマンダー？

ニュート　サージト　目覚めよ

ジェイコブはバケツで冷水を浴びせられたような反応《はんのう》。われに返ってあたりを見回す。ニュートを見る。

ニュート　婚約《こんやく》おめでとう、ジェイコブ。

ジェイコブ　え、何だって？

ニュートがクイニーを見る。

ジェイコブ　おい、まさか……。

ジェイコブは、意に反して連れてこられたことに気づく。ゆっくりと立ち上がり、クイニーと向き合う。

クイニーはジェイコブの心を読む。すすり泣きながらスーツケースに駆《か》け寄《よ》って、蓋《ふた》を閉《し》め（小物がいくつか落ちる。口紅《くちべに》、破《やぶ》れたはがきなど）、外に飛び出す。

ジェイコブ　クイニー！
（ニュートに）また会えてよかった。いったいここはどこだ？

ニュート　あ、あ、ロンドンだ。

ジェイコブ　（葛藤《かっとう》しながら）ああ！　俺《おれ》、ずっとロンドンに来てみたいと思ってた！
（怒《おこ》って）クイニー！

ジェイコブがクイニーの後を追う。

シーン37　屋外　ニュートの家のある通り――直後――夜

クイニーがニュートの家から飛び出し、泣きながら通りを歩いていく。ジェイコブが後を追って走る。カンカンに怒《おこ》っている。

ジェイコブ　クイニー、なあ、ハニー、聞きたいんだけど、いつ魔《ま》法《ほう》を解《と》くつもりだった？　子《こ》供《ども》が五人できてからか？

クイニーがジェイコブに向き合う。

クイニー　あなたとの結《けっ》婚《こん》を望んで、どこが悪いの？

ジェイコブ　いや――

クイニー　家族を持ちたいと思っちゃダメなの？　みんなと同じ望みなの

ジェイコブ　よ、それだけ。

クイニー　オーケー、待てよ。百万回も話し合ったろ。俺《おれ》たちが結婚《けっこん》して、それがばれたら、君はぶち込《こ》まれる。ハニー、そんなことできない。俺《おれ》みたいなのが君みたいな人と結婚《けっこん》するのを、連中は嫌《いや》がる。俺《おれ》は魔法使《まほうつか》いじゃない。俺《おれ》はただの俺《おれ》だ。

ジェイコブ　ここはとても進歩的よ。私《わたし》たちをちゃんと結婚《けっこん》させてくれるわ。

クイニーがそのあたり一帯を見る。

ジェイコブ　なあ、俺《おれ》に惚《ほ》れ呪文《じゅもん》はいらない。もうベタ惚《ぼ》れだ！　君をものすごく愛してる。

クイニー　そう？

ジェイコブ　そうさ。でも君にこんな無茶をさせるわけにはいかない、だろ？　なんで俺《おれ》に、ほかのやり方を選ぶチャンスをくれなかったんだ。

クイニー　あなたのせいで、私《わたし》、こうするしかなかったわ。二人のどっちかが勇気を出さなきゃ。あなたが臆病《おくびょう》だったから！

ジェイコブ　俺《おれ》が臆病《おくびょう》？　そんなら君は——

クイニーがジェイコブの心を読む。

クイニー　——狂《くる》ってる！

クイニーが反応《はんのう》する。ジェイコブはクイニーが「聞いた」ことを知る。

ジェイコブ　そうは言わなかった……

クイニー　口で言う必要なかったわ。

ジェイコブ　いや、本気じゃなかった。

クイニー　本気だったわ。

ジェイコブ　ちがう。

クイニー　ティナに会いに行くわ。
ジェイコブ　ああ、わかった、行けよ。
クイニー　行くわ。

クイニーが「姿《すがた》くらまし」する。

ジェイコブ　待てよ！　クイニー、行くな！　本気じゃない。何にも言ってない。

しかし、ジェイコブは独《ひと》りとりのこされる。

シーン38　屋内　ニュートの家――まもなく――夜

みじめな気持ちで、ニュートはふとはがきに目を留《と》める。近づいて拾い上げ、杖《つえ》を向ける。

ニュート　パピルス・レパロ　紙よ　直れ

破《やぶ》れたはがきが元通りになる。パリの写真だ。はがきの文字がスクリーンに現《あらわ》れる。

ティナ　（声のみ v.o.）大切なクイニー
なんてきれいな街でしょう。あなたのことを考えています。
ティナ　×《キス》

シーン39　屋内　ニュートの家の地下飼育室《しいくしつ》――夜

カメラはニュートの家に入るジェイコブにズームする。ドアを押《お》し開き、あたりをよく見回す。一時間も通りを探《さが》し回って、ぐっしょり濡《ぬ》れている。ニュートはどこにも見当たらない。

ジェイコブ　オイ、ニュート?

ニュート　(声のみ o. s.)下だよ、ジェイコブ。すぐ戻《もど》る。

ジェイコブは下に降《お》りて囲《かこ》い地をのぞき込《こ》み始める。ケルピーの棲《す》み処《か》の池のそばに、ニュートからバンティへのメモが置いてある。「バンティ、僕《ぼく》が帰るまで触《さわ》らないで」。ジェイコブが先へと進む。

ジェイコブが通り過《す》ぎるとき、オーグリーがジェイコブに向かって陰気《いんき》に鳴く。

ジェイコブ　俺《おれ》のほうにも問題があってね。

ニュート　（声のみ o.s.）ダメ、ダメ、ダメ、戻《もど》って。そう、待て、待て、待て。

オーグリーの鳥かごに貼《は》られたメモ「バンティ――パトリックに餌《えさ》をやるのを忘《わす》れないで」。人の動く気配を感じ、ジェイコブはそちらへと方向を変え、まどろんでいるグリフィンのそばを通り過《す》ぎる。グリフィンの嘴《くちばし》に包帯が巻《ま》いてある。「バンティ、毎日包帯をとりかえてくれ」。

ニュートのカバンがニフラーの囲《かこ》い地のそばに置いてある。カバンの蓋《ふた》の内側に、ニュートが新聞から破《やぶ》ったティナの大きな動く写真がある。「ティナ、闇祓《やみばら》いに任命《にんめい》」

コートを着たニュートが、角を曲がって現《あらわ》れる。

ニュート　クイニーが絵はがきを忘《わす》れていった。ティナは、パリだ。クリーデンスを探《さが》してる。

ジェイコブ　そいつはいいや。クイニーはまっすぐティナのところに行くぞ。（心が弾《はず》んで）フランスに行くぞ。ちょっと待て、上着を取ってくる。

ニュート　僕《ぼく》に任《まか》せて。

ニュートはもう天井に杖《つえ》を向けている。ジェイコブのコート、帽子《ぼうし》、カバンが、持ち主の目の前の床《ゆか》に落ちてくる。暖《あたた》かい魔法《まほう》の風を吹《ふ》き付けられて、雨でぐっしょり濡《ぬ》れていたジェイコブの服が乾《かわ》く。

ジェイコブ　（感心して）いいねえ。

二人はいなくなる。カメラは現《あらわ》れたメモにズームする。

「バンティへ、パリに行く。ニフラーたちを連れて行くよ。ニュート」

シーン40　屋外　パリ　カシェ街――夜

晴れた星空。闇祓《やみばら》いに復帰《ふっき》したティナ・ゴールドスタインは、私的《してき》な任務《にんむ》を果たすために来ている。ニューヨークの時より、エレガントで自信に満ちているが、個人的《こじんてき》な悲しみを抱《かか》えている。歩いていく先に、高い石の基《き》台に据《す》えられた、ローブ姿《すがた》の女性《じょせい》のブロンズ像《ぞう》があり、マグルの格好《かっこう》をした魔女《まじょ》や魔法使《まほうつか》いが、そこで姿《すがた》を消していく。

シーン41
屋外　カシェ街　摩《ま》訶《か》不《ふ》思《し》議《ぎ》サーカス
――夜

ティナの周囲《しゅうい》で、音楽、笑い声、話し声がどっと湧《わ》きあがる。サーカスの真っ最中だ。横断幕《おうだんまく》にかかれた宣伝文句《せんでんもんく》「摩訶不思議《まかふしぎ》サーカス　奇形《きけい》や半端《はんぱ》もの」。小テントは数張《は》りあり、大テントが中央に立っている。

ティナが、テントの外で芸をする大道芸人たちを目で調べながら通り過《す》ぎる。半トロールが怪力《かいりき》の芸当を見せている。姿《すがた》かたちの半端《はんぱ》な、ひどく虐《しいた》げられた半人間たち――魔法族《まほうぞく》の血を引いていながら魔力《まりょく》を持たない下等生物――が、不格《ぶかっ》好《こう》に動き回りながら見物人からお金を集めている。半妖精《ハーフ・エルフ》や半小鬼《ハーフ・ゴブリン》が、角を帽《ぼう》子《し》で隠《かく》したり、異様《いよう》な目をフードで隠《かく》したりしてジャグリングや宙返《ちゅうがえ》りの芸を見せている。

見事な中国の魔法《まほう》動物、ズーウー――巨大《きょだい》な猫《ねこ》のような生き物で、羽毛のようにふわふわした長い尾《お》を持つ――は、檻《おり》に閉《と》じ込《こ》められている。その頭上で花火がさく裂《れつ》している。

シーン42 屋内 摩訶不思議《まかふしぎ》サーカスの奇形者《きけいもの》のテント――夕方

ナギニがトランクのそばに膝《ひざ》をついて、サーカス用のドレスをなでている。もうすぐショーに出なければならない。クリーデンスが急いで近寄《ちかよ》ってくる。

クリーデンス　（小声で）ナギニ！

ナギニが振《ふ》り向く。

ナギニ　クリーデンス。

クリーデンスが渡《わた》したメモを、さっと読んだナギニは、眉《まゆ》をよせる。

クリーデンス　（小声で）その女《ひと》の居場所《いばしょ》がわかった。

ナギニは顔を上げ、クリーデンスと目が合う。

クリーデンス　今夜逃《に》げるんだ。

スケンダーがナギニのテントに入ってくる。

スケンダー　おい、おまえ、この女に近づくなと言っただろう——休憩《きゅうけい》してもいいとは言ってないぞ。河童《かっぱ》の檻《おり》を掃除《そうじ》しろ。

スケンダーは、クリーデンスとナギニの間にあるカーテンを閉《し》める。

スケンダー　（ナギニに向かって）おまえ、支度《したく》しろ！

クリーデンスが後ろを向いて、火竜《かりゅう》でいっぱいの檻《おり》を見上げる。

シーン43　屋内　摩訶不思議《まかふしぎ》サーカス　大テント――夜

スケンダーが見物人の真ん中に置かれた円形の舞台《ぶたい》／檻《おり》の前に立っている。
酔《よ》っている見物人が多い。

スケンダー　さあて、奇形《きけい》と半端者《はんぱもの》のショー、次に登場しますは――マレディクタス！

スケンダーが鞭《むち》をならし、檻《おり》を見る。蛇革《へびがわ》の衣装《いしょう》を着た女性《じょせい》、ナギニが立っている。見物人の男たちが、口笛を吹《ふ》いたりやじったりする。

スケンダー　インドネシアのジャングルで罠《わな》にかかったこの娘《むすめ》は、なんと、血の呪《のろ》いを持って生まれた。こういう下等生物は、やがて永《えい》久《きゅう》に別の姿《すがた》に変わる運命だ。

ティナが見物客の後ろを回って、クリーデンスを探《さが》している。

同じテントの別の場所で、スーツを着込《きこ》んだスマートなアフリカ系《けい》フランス人のユスフ・カーマが、スケンダーやナギニではなく見物人を見回して、誰《だれ》かを探《さが》している。被《かぶ》っている中折れソフト帽《ぼう》のバンドに黒い羽根が付いている。

スケンダー　しかし、ご覧《らん》あれ、この美しさはどうです？　欲情《よくじょう》をそそる……しかし、やがてこの娘《むすめ》は、永久《えいきゅう》に別の体に閉《と》じ込《こ》められる。眠《ねむ》るとき……メダム　エ　メシュー……この娘《むすめ》は夜な夜な姿《すがた》を変え――

何事も起こらない。見物客はスケンダーをやじり、ナギニは憎《にく》しみのこもった目でスケンダーを見る。

スケンダー　姿《すがた》を変え……

ナギニが大テントの奥《おく》にいるクリーデンスと目を見かわす。

ティナにカメラ。ティナがクリーデンスを見つけて、目立たないように彼《かれ》に近づこうとゆっくり移《い》動《どう》し始める。

カーマにカメラ。カーマも同じ動きをする。

スケンダー　変身して……

スケンダーが檻《おり》の格子《こうし》に鞭《むち》をくれる。ナギニは目を閉《と》じる。ゆっくりと、ナギニが蛇《へび》のとぐろの中に消えていく。

スケンダー　やがてこの娘《むすめ》は元に戻《もど》れなくなる。蛇《へび》の体に一生囚《とら》われるのだ。

突然《とつぜん》ナギニが、檻《おり》の格子《こうし》を通してスケンダーを襲《おそ》い、蛇語《へび》で叫《さけ》ぶ。スケンダーは血を流しながら、くしゃくしゃになって倒《たお》れる。テントの奥《おく》では、クリーデンスが火竜《かりゅう》の檻《おり》を叩《たた》き壊《こわ》す。自由になった火竜《かりゅう》は、花火のように舞《ま》い上がる。大テントに火が付く――パニック状態《じょうたい》の見物人は悲鳴をあげながら出口に殺到《さっとう》し、折り重なって倒《たお》れる――

シーン44

屋外　摩《ま》訶《か》不《ふ》思《し》議《ぎ》サーカス大テント――夜

大テントが火事になる。その上空を、火竜《かりゅう》が輪をかいて、火の粉《こ》をまき散らしながら飛び回る。動物たちは火におびえ、怒《いか》り狂《くる》って暴《あば》れる。後足で立ち上がったり、前のめりに突《つ》っ込《こ》んだりするヒッポグリフを、調教師《ちょうきょうし》たちがなんとか抑《おさ》えようとしている。芸人たちが、そこここであわてて道具をまとめ、妖精《ようせい》たちは各々《おのおの》箱に入って隠《かく》れるが、その箱が折りたたまれて段々《だんだん》小さくなっていく。

ティナが「姿現《すがたあらわ》し」して、杖《つえ》の一振《ひとふ》りで火を消す。

ズーウーの檻《おり》に火が付き、ガタガタと危険《きけん》な揺《ゆ》れ方をし始める。檻《おり》の中のズーウーが吠《ほ》え猛《たけ》る。そして檻《おり》を突《つ》き破《やぶ》って飛び出す。象《ぞう》ほどもある猫《ねこ》のような怪《かい》獣《じゅう》で、体は五色の色、ニシキヘビほどの長い尾《お》を持っている。ひどい虐待《ぎゃくたい》を受けていて、顔には傷痕《きずあと》、栄養失調でやせ、足を引きずっているが、今は恐怖《きょうふ》に駆《か》られて狂暴《きょうぼう》になっている。

ティナが遠くにいるクリーデンスを見つける。

ティナ　クリーデンス！

ズーウーが、足を引きずりながらも全速力で闇《やみ》に消えていく。スケンダーはもはや捕《つか》まえられないと見て、サーカスの雇《やと》い人たちを駆《か》り立てるために走りだす。

スケンダー　荷物をまとめろ。パリとはもうおさらばだ。

スケンダーが杖《つえ》をテントに向け、ハンカチぐらいの大きさに縮《ちぢ》めてポケットに入れる。

ティナ　（スケンダーに近づきながら）マレディクタスと一緒《いっしょ》にいた青年のこと、何か知ってますか？

スケンダー　（蔑《さげす》むように）あいつは母親を探《さが》している。サーカスの半端《はんぱ》なやつらはみんな、家に帰れると思ってやがる。さあ、行くぞ。

スケンダーが飛び乗った馬車は、魔法《まほう》でほんの数個《すうこ》に収《おさ》まった檻《おり》や箱を乗せて、ガタゴトと夜に消えていく。

ティナは、一瞬《いっしゅん》、だれもいない広場に一人取り残されたかに見えたが、気がつくとカーマが後ろに立っている。

画面切り替え

シーン45　屋外　パリのカフェ――夜

ティナとカーマが、カフェの外のテーブルに座《すわ》っている。ティナはカーマを胡《う》散臭《さんくさ》いと思っている。

ティナ　私《わたし》たち、同じ目的であのサーカスにいたようですね、ムシュー…、お名前は？

カーマ　カーマ、ユスフ・カーマです。あなたのおっしゃる通りです。

ティナ　クリーデンスの何がお望みですか？

カーマ　あなたと同じです。

ティナ　と言うと？

カーマ　あの男が何者なのかをはっきりさせること。もし噂《うわさ》通りなら、あの若者《わかもの》と私《わたし》は――遠縁《とおえん》だが――血がつながっています。私《わたし》はさる純血《じゅんけつ》の一族の最後の男子です……もし噂《うわさ》通りなら、彼《かれ》も同じなのです。

カーマはポケットからタイコ・ドドナスの予言の書を取り出し、ティナの気を引こうとするように、ティナの目の前にそれを差し出す。

カーマ　タイコ・ドドナスの予言の書を読んだことがおありでしょうね？

ティナ　ええ。でもそれは詩であって、証明《しょうめい》ではないわ。

カーマ　もし、彼《かれ》の素性《すじょう》を証明《しょうめい》するもっとよい――具体的な――何かをあなたにお見せできたら、アメリカや欧州《おうしゅう》の魔法省《まほうしょう》は、彼《かれ》を殺《ころ》さないでくれるだろうか？

――間

ティナ　たぶん。

カーマ　（うなずく）それなら、来てください。

カーマが立ち上がり、ティナもそれに続く。

シーン46　屋内　グリンデルバルドの隠《かく》れ本部
客間――夜

グリンデルバルドが、どくろの形をした光る水ギセルを吸《す》って、煙《けむり》を吐《は》き出す。アコライトたちが見つめる中、その煙《けむり》は、黒く渦《うず》巻《ま》き赤い閃光《せんこう》を放つオブスキュラスの形になり、クリーデンスのイメージに変わっていく。

全員が興奮《こうふん》しているが、クロールだけは不機嫌《ふきげん》だ。

グリンデルバルド　すると……クリーデンス・ベアボーンは、育ての母親に滅《ほろ》ぼされかけ、今度は生みの母を求めているのか。必死で家族を求めている。愛に飢《う》えているのだ。彼《かれ》こそわれらが勝利の鍵《かぎ》だ。

クロール　でも、こいつの居場所《いばしょ》はわかっているではないですか？　とっ捕《つか》まえて、ここを離《はな》れましょう！

グリンデルバルド　（クロールに）自分の意思で私《わたし》のもとに来なければならないのだ。――あの子はそうする。

グリンデルバルドは、客間の中央に浮《う》かんでいるクリーデンスの幻影《げんえい》をもう一度見つめる。

グリンデルバルド　レールは敷《し》かれた。クリーデンスはその道をたどっている。その先に私《わたし》がいる。そして彼《かれ》の素性《すじょう》に関する、数奇《すうき》な輝《かがや》かしい真実が。

クロール　やつが何でそんなに大事なのですか？

グリンデルバルドが歩いていって、クロールと向き合う。

グリンデルバルド　我々《われわれ》の大義《たいぎ》にとって、最大の脅威《きょうい》は誰《だれ》だ？

クロール　アルバス・ダンブルドア。

グリンデルバルド　もし君に、彼《かれ》の隠《かく》れているホグワーツに行ってやつを殺《ころ》せと頼《たの》んだら、クロール、私《わたし》のためにやってくれるか？

（薄笑《うすわら》いを浮《う》かべる）彼《かれ》を殺《ころ》せる唯一《ゆいいつ》の生きた存在《そんざい》……それがクリーデンスだ。

クロール　本当にそう思われますか？　クリーデンスが、あの偉大《いだい》なる──あのアルバス・ダンブルドアを殺《ころ》せると？

グリンデルバルド　（ささやく）あいつならできる。その時に、クロール、君はわれらとともに見届《みとど》けてくれるか？　どうかね？

シーン47
屋外　イギリス　ドーバー海峡《かいきょう》の白亜質《はくあしつ》の絶壁《ぜっぺき》――夜明け

ニュートとジェイコブがカバンを下げてビーチー岬《みさき》に向かって歩いている。ピケットがニュートの胸《むね》ポケットから顔を出し、あくびする。

ニュート　ジェイコブ、ティナが交際《こうさい》している相手だけど――

ジェイコブ　気にするな。ティナは君に会うし、また四人一緒《いっしょ》になれる。ニューヨークの時みたいにな。心配するなって。

ニュート　ああ、だけど、そいつが闇祓《やみばら》いだって、クイニーがそう言った？

ジェイコブ　そう、闇祓《やみばら》いさ。だから何だって？　そいつのことは気にするな。

間。二人は歩き続ける。

ニュート　ティナに会ったら、なんて言えばいいのかな?

ジェイコブ　ああ、そうだな。そういうことは、前から決めておかない方がいい。いいか、その時に心に浮《う》かんだことを言えばいいのさ。

間。歩き続ける二人。

ニュート　(思い出すように) 彼女《かのじょ》の瞳《ひとみ》は火トカゲ《サラマンダー》みたいだ。

ジェイコブ　それは止《や》めとけ。

間。ジェイコブは、ニュートを助けてやらないとだめだと思う。

ジェイコブ　いいか、まず、会いたかった、と言え。いいな。それから、彼《かの》女《じょ》に会いにはるばるパリにやってきたってな。きっと喜《よろこ》ぶぞ。そして、彼女《かのじょ》のことを考えて夜もろくろく眠《ねむ》れないって言え。火トカゲのことは何も言うな、いいか？

ニュート　うん。オーケー。

ジェイコブ　おい、おい、おい。大丈夫《だいじょうぶ》だって。俺《おれ》がついてる。助けてやるよ。一緒《いっしょ》にティナを見つけてやる。クイニーも見つけて、俺《おれ》たちはまた仲良くやれる。昔みたいに。

ジェイコブが、崖《がけ》の端《はし》に、破《やぶ》れたローブを着た黒づくめの怪《あや》しげな人影《ひとかげ》を見つける。

ジェイコブ　なんだ、あいつは？

ニュート　旅券《りょけん》なしに国外に出るには、あの男しかいない。ところで君、乗り物酔《よ》いしないよね？

ジェイコブ　ニュート、俺《おれ》、船は苦手だ。

——間

ニュート　大丈夫《だいじょうぶ》だよ。

ポートキー屋　ぐずぐずするな——あと一分で出航《しゅっこう》だ！

ジェイコブは訳《わけ》が分からず、乗り物を探《さが》してあたりを見回す。落ちているさびたバケツは無視《むし》する。

ポートキー屋　50ガリオン。

ニュート　30ガリオンと言ったぞ。

ポートキー屋　フランスまで行くのに30。20は口止め料だ。ニュート・スキャマンダーが違法《いほう》に国外に出るのを見たってことを、誰《だれ》にも言わないためにな。

腹《はら》を立てながら、ニュートは支払《しはら》う。

ポートキー屋　有名税《ゆうめいぜい》だよ、あんた。
（時計を確《たし》かめる。）十秒前。

ニュートはバケツのそばに立ち、ジェイコブに向かって手を差し出す。

ニュート　ほら、ジェイコブ。
ジェイコブ　ウワーッ！

二人は移動《ポート》キーに引っ張《ば》り込《こ》まれる。

画面切り替え

シーン48 屋外 カシェ街――日中

ニュートとジェイコブが曲がり角からあたりの様子をうかがっている。ローブを着た女性《じょせい》の像《ぞう》の前にフランスの警官《けいかん》が立っている。ジェイコブは真っ青な顔で、汗《あせ》をかいている。都合よく手元にあったバケツをつかんだままだ。

ジェイコブ ニュート、あの移動キー《ポートキー》っていうやつ、気に入らなかった。

ニュート （上の空で）そればっかり言ってるね。ついてきて。

ニュートが警官《けいかん》に杖《つえ》を向ける。

ニュート コンファンダス 錯乱《さくらん》せよ

警官《けいかん》が酔《よ》ったようにがくんとよろめき、目をしばたたいて頭をぶるっと振《ふ》る。

それからクスクス笑って、ゆっくりその場から離《はな》れていく。通りがかりの人に、帽子《ぼうし》をちょっと上げてあいさつする。当惑顔《とうわくがお》の通行人。

ニュート　**さあ、行こう。呪文《じゅもん》は数分で切れる。**

ニュートは、銅像《どうぞう》を通ってパリの魔法界《まほうかい》へとジェイコブを案内する。カバンを下に置き、杖《つえ》を通りに向ける。

ニュート　**アパレ・ヴェスティジウム　足跡《あしあと》　現《あらわ》れよ**

追跡呪文《ついせきじゅもん》が金色の渦《うず》となって現《あらわ》れ、広場で起こった最近の魔法行為《まほうこうい》の跡《あと》を照らし出す。

ニュート　**アクシオ　ニフラー！　ニフラーよ　来い！**

カバンがぱっと開いて、ニフラーが一匹《ぴき》飛び出す。

ニュート　**探《さが》せ。**

ニュートがカバンを踏《ふ》み台にして、空中に現《あらわ》れた生物の形を調べる。一方、いまや訓練された成獣《せいじゅう》になったニフラーは、手がかりを嗅《か》ぎ出そうとしている。

ニュート　**これは河童《かっぱ》だ。日本の水の妖怪《ようかい》——**

ニフラーがかすかに光る足跡《あしあと》を嗅《か》ぎまわっている。ティナがズーウーの前に立った場所を見つけたのだ。

ニュートがティナの幻影《げんえい》を見る。

ニュート　**ティナ？　ティナ！**

（ニフラーに）何を見つけたんだ？

ニュートはかがんで道路をなめる。

ジェイコブ　（あたりをちらりと見て）そして今度は地面をなめるときたか。

ニュートは杖《つえ》を耳にあてて、恐《おそ》ろしい吠《ほ》え声を聞く。通りに杖《つえ》を向ける。

ニュート　レベリオ　現《あらわ》れよ

ジェイコブも、ニュートの見ているものを見る。ほかの足跡《あしあと》をみんな覆《おお》ってしまう、鉤爪《かぎづめ》のある巨大《きょだい》な前足の跡《あと》だ。

ジェイコブ　（おおいに心配して）ニュート……こんな足跡《あしあと》、何がつけた？

ニュート　ズーウー、中国の動物だ。驚《おどろ》くほど速く、驚《おどろ》くほど強い。一日に千里を走る……パリなら、ある場所から別の場所まで、ひとっ飛びで連れて行ってくれる。

ニフラーが別の光る足跡《あしあと》を嗅《か》ぎまわっている。ティナが立っていた別の場所だ。

ニュート　いい子だ。

（ひどく心配そうに）ジェイコブ、ティナはここに来たんだ。ここに立ってた。足の幅《はば》がこんなに細いって、君、気づいてた？

ジェイコブ　気づいてたとは言えないな。

ニュートはカーマの幻影《げんえい》を見る。

ニュート　そして誰《だれ》かが彼女《かのじょ》に近づいた。

ニュートはカーマの帽子《ぼうし》から落ちた羽根を指さし、臭《にお》いを嗅《か》いで心配そうな顔をする。

ニュート　アベンジグイム　追跡《ついせき》せよ

羽根は羅針盤《らしんばん》の針《はり》のようになり、行く手を示《しめ》す。

ニュート　羽根を追うんだ。

ジェイコブ　え？

ニュート　ジェイコブ、羽根を追うんだよ。

ジェイコブ　羽根を追うっと。

ニュート　（ニフラーを探《さが》して）あいつはどこに行った？　ああ、あそこだ。

ああ、アクシオ　ニフラー

ニフラーが呪文《じゅもん》で引き戻《もど》され、カバンに入る。ニュートはカバンを手にして駆《か》け出す。

ジェイコブは抱《かか》えていたバケツを指す。

ニュート　バケツは放せ！

ジェイコブはバケツを落として、ニュートを追う。バケツが消える。

シーン49　**屋外　パリ――日中**

俯瞰ショット

シーン50　屋外　ファステンバーグ広場——朝

クイニーが広場の中央にある木立に近づく。咳《せき》をする。木立の木々《きぎ》の根が伸《の》びあがり、クイニーを取り囲《かこ》む鳥かごのエレベーターになって地中に下りていく。

シーン51　屋内　フランス魔《ま》法《ほう》省《しょう》　受付階——朝

クイニーが降《お》り立ったところは、美しいアール・ヌーボーのフランス魔《ま》法《ほう》省《しょう》。ドーム型《がた》の大天井には、天体図が描《えが》かれている。クイニーが受付に近づく。

受付　ビエンヴニュ　オ　ミニステール　デ　ザフェール　マジーク。

クイニー　すみません。今おっしゃったことが全く分からなくて——

受付　フランス魔法省《まほうしょう》にようこそ。どういうご用件《ようけん》でしょうか？
クイニー　（大きな声でゆっくり）ティナ・ゴールドスタインと話したいのです。
アメリカの闇祓《やみばら》いで、ここで、（スーツケースを指しながら）ある事件《ケース》に関わっていると――

受付嬢《うけつけじょう》はファイルを数ページめくる。

受付　ここにはティナ・ゴールドスタインという方はいません。
クイニー　そんな……何かの間違《まちが》いだわ。ねえ、ティナがパリにいることはわかっているの。絵はがきをくれたから。いま、お見せします。彼女《かのじょ》を探《さが》す手伝いをしていただけるのでは？

クイニーがスーツケースを取り上げると、ケースの留《と》め金が外れて蓋《ふた》が開き、中のものがこぼれ出る。

クイニー　ここにあるはずなの。ああ、どうしましょ！　ちょっと待って！　どこかに入っているはずだわ。絶対《ぜったい》に入れてきたもの。どこに行っちゃったのかしら？

受付嬢《うけつけじょう》がいかにもフランス的に肩《かた》をすくめた時、気取った年配のレディが、クイニーの背後《はいご》を通り過《す》ぎていく。荷物を入れたショッピング・カートを引いている――カメラが彼女《かのじょ》を追う。エレベーターに乗り込《こ》む――エレベーターの前でロジエールが待っている。ドアが閉《し》まると、年配のレディはアバナシーの姿《すがた》に戻《もど》り、カートの中の四角《しかく》い荷物をロジエールに渡《わた》す……

シーン52　屋外　パリの裏通《うらどお》り——日中

クイニーが雨傘《あまがさ》をさして、しょんぼりと通りに立っている。すると——ドキリとする——脇道《わきみち》から脇道《わきみち》へと急いでいるニュートとジェイコブの姿《すがた》が見えた？

ジェイコブ　一休みして、コーヒーかなんか飲んで——

ニュート　ジェイコブ、あとにして。

ジェイコブ　ココアとかさ……なあ……いいだろ。

ニュート　こっちだ。さあ。

ジェイコブ　パン・オ・ショコラとか、クロワッサン半分とか、ボンボンなんかは？

ニュート　こっちだ。

クイニーは、ニュートとジェイコブを見つけようとして、あわてて小走りに走り出す。
カメラは、二人を探《さが》して、複雑《ふくざつ》に入り組んだ路地を次々《つぎつぎ》に走るクイニーを追う。二人を追うのに集中しているクイニー――ジェイコブの心の声を「聞く」ことができる。

クイニー　（嬉《うれ》しくて、声に出して呼《よ》ぶ）ジェイコブ！　ジェイコブ？

しかしジェイコブは見つからない。雨の中、疲《つか》れ切って孤独《こどく》で、周りの人混《ひとご》みの考えが全部、耳を覆《おお》いたくなる大騒音《だいそうおん》になって聞こえ、クイニーは道路の縁石《ふちいし》に座《すわ》り込《こ》む。
クイニーの肩《かた》にそっと触《ふ》れる手。クイニーは振《ふ》り返って笑いかけようとするが、知らない人だったので怪訝《けげん》な表情《ひょうじょう》になる。

ロジエール　マダム？　トゥ　ヴァ　ビアン（大丈夫《だいじょうぶ》ですか？）、マダム？

シーン53　屋外　鳥市場——同じ日の少しあと

クリーデンスとナギニが歩いて画面に入ってくる。あたりを見回す。クリーデンスが屋台の前を通り過《す》ぎながら鳥の餌《えさ》を盗《ぬす》む。

グリムソンが二人には気づかれないように見張《みは》っている。

シーン54

屋外　フィリップ・ロラン通り――その少しあと――日中

クリーデンスとナギニが曲がり角から、遠くの「18番地」の建物をじっと見ている。屋根裏部屋《やねうら》に明かりがついていて、人影《ひとかげ》が横切っていく。

クリーデンス　（怖気《おじけ》づいて）あの女《ひと》は家にいる。

ここまで来てはみたが、クリーデンスはその場から動けなくなる。どうしても先に進めない。ナギニがクリーデンスの背中《せなか》に張《は》り付いたようになっている手を取る。

ナギニはクリーデンスを引っ張《ぱ》って道を横切る。

シーン55 屋外　フィリップ・ロラン通り18番地の裏《うら》
――直後――日中

中庭に面したドアが開いている。そこからすべり込《こ》んだ二人は、使用人通用廊《ろう》下《か》に出る。ナギニの鼻の穴《あな》が膨《ふく》らみ、すばやくあたりに目を配る。何かがおかしい。二人は階段《かいだん》に向かう。

シーン56 屋内　フィリップ・ロラン通り18番地
メイド部屋の外の踊《おど》り場――日中

クリーデンスとナギニは、踊《おど》り場に着く。ドアが半開きになっている。ランプの明かりで、縫物《ぬいもの》をしているらしい女性《じょせい》の影《かげ》が見える。影《かげ》が仕事の手を止める。

ナギニは神経《しんけい》をとがらせて不安げに周囲《しゅうい》を見回す。

アーマ　（声のみ o.s.）キ　エ　ラ？（誰《だれ》なの？）

クリーデンスは動くことも話すこともできない。ナギニがそれに気づく。

ナギニ　セ　ヴォトル　フィス、マダム（マダム、あなたの息子さんですよ）。

ナギニがクリーデンスの手を取り、やさしく部屋の中に引き入れる。繕《つくろ》いが済《す》んで洗濯《せんたく》したばかりの服が天井の棹《さお》に下がっている。女性《じょせい》の影《かげ》が見える。ナギニは強い警戒《けいかい》信号を感じ取る。危険《きけん》のにおいがする。影《かげ》が立ち上がる。

アーマ　キ　エ　ヴ？（どちら様？）

クリーデンス　（恐《おそ》る恐《おそ》る小声で）あなたがアーマ？　あなたは……アーマ・

ドゥガードさんですか？

応《こた》えはない。二人は棹《さお》に掛《か》かっている布《ぬの》をかき分けて女性《じょせい》に近づく。

クリーデンス　すみません。あなたの名前が、養子縁組《えんぐみ》の書類にありました。お分かりになりますか？　あなたが私《わたし》を、ニューヨークのミセス・ベアボーンに預《あず》けた。

——間

最後の一枚《まい》の布《ぬの》を開けると、そこにアーマが立っている。半妖精《ようせい》、半人間だ。クリーデンスは困惑《こんわく》し、ひどく失望した表情《ひょうじょう》を浮《う》かべる。

アーマ　（クリーデンスに）あたしはあなたのお母さんではありません。小間使いでした。（微笑《ほほえ》んで）あなたはとてもきれいな赤ちゃんでした。今は立派《りっぱ》な若者《わかもの》ですね。あそこに置いていくのは辛《つら》かった。

戸口から三人をじっと見ているグリムソンにカメラ。

クリーデンス 私《わたし》は望まれない子だったのですか？　どうしてあなたの名前が養子縁組《えんぐみ》の書類に？

アーマ あたしが、あなたをミセス・ベアボーンのところにお連れしました。あの方があなたの面倒《めんどう》を見るはずだったからです。

ナギニの恐怖感《きょうふかん》がますます強くなる。

棹《さお》に掛《か》けられた布地《ぬのじ》の重なりの陰《かげ》になった暗い壁《かべ》にカメラ。

カモフラージュで完全に姿《すがた》を隠《かく》していたグリムソンが、壁《かべ》から姿《すがた》を現《あらわ》し、杖《つえ》を上げて死の呪文《じゅもん》を放つ。呪文《じゅもん》はシーツや衣類を突《つ》き抜《ぬ》け、くすぶる焦《こ》げ穴《あな》を残す。誰《だれ》かが倒《たお》れる音。ナギニの悲鳴。クリーデンスの影《かげ》が消えている。

まちがいなく仕留《しと》めたと確信《かくしん》してニヤリ笑いを浮《う》かべながら、グリムソンが焦《こ》げた布《ぬの》を切り払《はら》ってやってくる。そこにいたのは――

アーマが事切れて床《ゆか》に倒《たお》れている。グリムソンのニヤリ笑いが薄《うす》れていき、天井を見上げる。そこに、オブスキュラスが黒い煙《けむり》のように渦巻《うずま》いている。

電光石火、グリムソンは盾《たて》の呪文《じゅもん》を放ち、自分とアーマの死体の周りをドームで囲《かこ》む。

オブスキュラスが突《つ》っ込《こ》んでいき、盾《たて》の呪文《じゅもん》を機関銃《きかんじゅう》のように攻撃《こうげき》する。上昇《じょう しょう》しては形を整え、何度も突《つ》っ込《こ》むが、魔法《まほう》の障壁《しょうへき》は、震《ふる》えこそすれ破《やぶ》れない。

怒《いか》りで今や膨張《ぼうちょう》したオブスキュラスは、竜巻《たつまき》のように屋根裏部屋《やねうら》を突《つ》き破《やぶ》る。

グリムソンはオブスキュラスに向かってほくそえみ、また会おうと言うなり「姿《すがた》くらまし」する。

壊《こわ》れた屋根裏部屋《やねうら》の破片《はへん》と入り混《ま》じったオブスキュラスが、急激《きゅうげき》にぴしゃりと縮《ちぢ》んで、再《ふたた》びクリーデンスの姿《すがた》が現《あらわ》れる。立ったまま小さな亡骸《なきがら》を見下ろしている。

シーン57 屋外　路地――午後

アーマを殺害《さつがい》したばかりのグリムソンが、セーヌ川の橋の下の、屋根付きの路地に立っている。グリンデルバルドが現《あらわ》れる。

グリムソン　女は死んだ。

グリンデルバルドが近づいて、二人が向かいあったところで立ち止まる。

グリンデルバルド　あの子はどうだった?

グリムソン　(肩《かた》をすくめて)あいつは繊細《せんさい》ですな。私《わたし》が仕留《しと》め損《そこ》ねたと知ったら、魔法省《まほうしょう》は気に入らないだろう。私《わたし》の評判《ひょうばん》を知って依《い》頼《らい》したのだから。

グリンデルバルド　いいか、臆病者《おくびょうもの》の非難《ひなん》は、勇気ある者への賞賛《しょうさん》だと思え。魔法族《まほうぞく》が世界を支配《しはい》するとき、君の名前は栄光に輝《かがや》く。その時は急速に近づいている。クリーデンスを見張《みは》って、安全に守れ。より大きな善《ぜん》のために。

グリムソン　より大きな善《ぜん》のために。

シーン58　屋外　パリのカフェ――夕方

恋人《こいびと》たちが一組、コーヒーを飲んでいる。ニュートはカフェを出ていく男を一人一人観察し、ガラス容器に入れた羽根の反応《はんのう》を見ている。ジェイコブは恋人《こいびと》たちをじっと見ている。

ジェイコブ　あのなあ、俺《おれ》、クイニーのどこが恋《こい》しいと思う？　なにもかもさ。頭にくるようなことでさえ好きだ。例えば心を読まれるとか……

（ジェイコブはニュートが無関心なのに気づく）……彼女《かのじょ》みたいな人が、俺《おれ》の頭の中まで興味《きょうみ》を持ってくれるなんて、俺《おれ》はラッキーだ。わかるか？

――間

ニュート　え、なに？
ジェイコブ　俺《おれ》はな、探《さが》してるやつが確《たし》かにここにいるのかって聞いてたんだよ。
ニュート　絶対《ぜったい》だ。羽根がそう言ってる。

シーン59　屋内　パリのカフェ　トイレ――夕方

カフェの狭《せま》いトイレ。カーマが鏡をのぞき込《こ》んでいる。羽根のない中折れ帽《ぼう》は蛇口《じゃぐち》に載《の》っている。突然《とつぜん》カーマの顔が痙攣《けいれん》する。手を上げて、首を振《ふ》りながら片《かた》目《め》をこする。手を放して鏡をのぞき込《こ》む。カメラが寄《よ》る。目の端《はし》に小さな触手《しょくしゅ》が見える。カーマは苦痛《くつう》で小さく悲鳴をあげ、スーツのポケットを探《さぐ》って、明るい緑の液体《えきたい》が入った小瓶《こびん》を取り出し、スポイトで目に注《さ》す。

触手《しょくしゅ》が引っ込《こ》むとき、痛《いた》みでもう一度声をあげる。鏡を見る。正常《せいじょう》に見える。
カーマは帽子《ぼうし》をかぶり、トイレを出る。

シーン60　屋内　パリのカフェ――夕方

カーマがカフェを出ていく。羽根が彼《かれ》を指す。ニュートが羽根を放してやると、カーマの帽子《ぼうし》に飛んでいく。

ジェイコブ　あいつか、探《さが》してるやつは？
ニュート　そうだ。

ニュートとジェイコブが勢《いきお》いよく立ち上がって、カーマの前に立つ。

ニュート　（カーマに）アー――ボンジュール。ボンジュール、ムシュー。

カーマはニュートを無視《むし》して歩き続けようとする。

ニュート　待って。あ、すみません。僕《ぼく》たち……もしや僕《ぼく》たちの友人を見かけませんでしたか？

ジェイコブ　ティナ・ゴールドスタイン。

カーマ　ムシュー、パリは大きな都市ですよ。

ニュート　その人は闇祓《やみばら》いです。闇祓《やみばら》いが行方不明になると、魔法省《まほうしょう》が乗り出します。ですから……いや、むしろ、彼女《かのじょ》の失踪届《しっそうとどけ》を出した方がいいかもしれない――

カーマ　（意を決して）背《せ》の高い？　焦《こ》げ茶色《ちゃいろ》の髪《かみ》？　かなり――

ジェイコブ　――激《はげ》しい？

ニュート　――美しい――

ジェイコブ　（ニュートの視線《しせん》を受け止めて、あわてて）そう、そう言うつもりだった――とても――美しい――

ニュート　それに、激《はげ》しい。

カーマ　昨夜そういう人を見かけたように思う。その場所にお連れしましょうか？

ニュート　よろしければ、ぜひお願いします。

カーマ　いいとも。

シーン61　屋内　カーマの隠《かく》れ家《が》――夕方

カーマの隠《かく》れ家《が》。中は真っ暗だ。水がしたたり落ちる音。細く射《さ》し込《こ》む日の光が、コートを着たまま床《ゆか》でまどろんでいるティナの姿《すがた》を見せる。

ニュート　ティナ？

ティナが目を覚ます。ニュートとティナが一瞬《いっしゅん》見つめあう。この一年、二人とも毎日お互《たが》いのことを思い続けていた。そこにカーマの姿《すがた》は見えず、ティナはニュートに救出《きゅうしゅつ》されたかのように見える。

ティナ　（大喜《おおよろこ》びで、まだ信じられず）ニュート！

ティナは、その背後《はいご》に、杖《つえ》を構《かま》えたカーマが入ってくるのに気づく。ティナの顔色が変わる。

カーマ　エクスペリアームス！　武器《ぶき》よ去れ！

ニュートの杖《つえ》が飛び出してカーマの手に収《おさ》まる。ドアの周囲《しゅうい》から鉄格子《てつごうし》が伸《の》びてきて、三人を閉《と》じ込《こ》める。

カーマ　（ドア越《ご》しに）すみませんね、ミスター・スキャマンダー！

ティナ　クリーデンスが死んで私《わたし》が戻《もど》ってきたら、出してやろう！

カーマ　カーマ、待って！

　彼《かれ》が死ぬか……私《わたし》が死ぬかだ。

カーマがぱっと目を押《お》さえる。

カーマ　あ、あ、あ、あ。だめだ、あ、あ。

カーマがぴくぴく痙攣《けいれん》して、ずるずると床《ゆか》に倒《たお》れる。意識《いしき》がない。

ニュート　うーん、救出《きゅうしゅつ》するつもりにしては、まずいスタートだ。

ティナ　救出《きゅうしゅつ》ですって？　たった一人の手がかりを失ってしまったわ。

ジェイコブがドアにとびかかり、壊《こわ》そうとする。

ニュート　(いたずらっぽく)僕《ぼく》たちが来るまでは、尋問《じんもん》はどうだったの？

ティナはニュートをにらみ、地下道の奥《おく》にどんどん歩いていく。

だれにも気づかれずにニュートのポケットから飛び出したピケットが、鍵《かぎ》を開ける。鉄格子《てつごうし》がギーッと開く。

ジェイコブ　**ニュート！**

ニュート　ピック、よくやった。

ティナ　(ティナに)この男に用があるって？

ええ、スキャマンダーさん、この男がクリーデンスの居場所《いばしょ》を知っていると思うの。

二人が、気を失ったカーマをのぞき込《こ》んだ時、どこか上の方から、大地を揺《ゆ》るがすような咆哮《ほうこう》が聞こえる。二人は顔を見合わせる。

ニュート　ああ、きっとズーウーだ。

ニュートは杖《つえ》をつかんで「姿《すがた》くらまし」する。

シーン62　屋外　パリの橋——夜

橋の真ん中に、おびえ、凶暴《きょうぼう》になったズーウーがいる。ひどく傷《きず》つき、もう走ることができないが、通行人につかみかかろうとしている。通行人は悲鳴をあげてその場から逃《に》げ、車はキキーッと急停車《きゅうていしゃ》する。

カバンを下げたニュートが、橋の真ん中、ズーウーから五十メートルほど離《はな》れたところに「姿現《すがたあらわ》し」する。すぐ後から、ティナがジェイコブの腕《うで》をつかんで「姿現《すがたあらわ》し」する。ジェイコブは、気を失ったカーマを橋の上に横たえている。

ジェイコブ　（大声で）ニュート、そこから離《はな》れろ！

ニュートはゆっくりとかがんでカバンを開ける。ズーウーはうなりながら、身を伏《ふ》せてニュートの方に進み始める。

ズーウーを刺激《しげき》しないように、ゆっくりと、ニュートがカバンに腕《うで》を突《つ》っ込《こ》んで何かを探《さが》す。思ったよりも時間がかかる。顔をしかめて、ニュートはもっと深くまで探《さぐ》る。ズーウーが近づく。牙《きば》をむき出している。

ニュートが探《さが》していたものを見つける。腕《うで》を上げる。紐《ひも》のついた棒《ぼう》の先に、ふわふわのおもちゃの鳥が付いている。

間。ズーウーの目が鳥を追いかけ始める。

ズーウーの尾《お》がピクリと動く。さらに低く身を伏《ふ》せる。そして、突然跳《とつぜんと》び上がり、空《くう》を切ってニュートの方に飛んでくる。見物人が悲鳴をあげる――ニュートは間違《まちが》いなく押《お》しつぶされるだろう――

しかし、最後の瞬間《しゅんかん》、ニュートは鳥をカバンの中に落とす。ズーウーは、ニシキヘビほどの尾《お》をはたはたさせながら、虹《にじ》色の閃光《せんこう》となって鳥を追いかける――

バタン――ニュートがカバンの蓋《ふた》を閉《し》める。

見物人たちが歓声《かんせい》をあげる。サイレンが聞こえ、警察《けいさつ》の車が橋に近づく。ニュートのポケットからフラメルの名刺《めいし》が舞《ま》い上がる。

ティナと、カーマに寄《よ》り添《そ》っていたジェイコブが、ニュートとともに「姿《すがた》くらまし」する。

シーン63　屋外　ホグワーツ――日中

闇祓《やみばら》い一行《いっこう》の不吉《ふきつ》な行列が、ホグワーツ城に向かって行進していく。テセウスとリタの姿《すがた》も見える。

カメラは上階の窓《まど》にズームする。生徒たちが小突《こづ》きあいながら、外来者を見下ろしている。闇祓《やみばら》い一行《いっこう》が学校に入る。

シーン64

屋内　闇《やみ》の魔《ま》術《じゅつ》に対する防《ぼう》衛《えい》術《じゅつ》の教室——日中

ダンブルドアが教えている。教室の真ん中の場所が空いていて、生徒たちがショーを楽しんでいる。大柄《おおがら》な男子——マクラーゲン——が、攻撃《こうげき》に対して身構《みがま》えている。ローブは埃《ほこり》だらけで、ネクタイの結び目が耳のあたりにずれている。マクラーゲンとダンブルドアが円を描《えが》くようにお互《たが》いに回り込《こ》んですきを狙《ねら》っている。

ダンブルドア　前の授業《じゅぎょう》で君の犯《おか》した三つのミスはなにかね？

マクラーゲン　はい、不意打ちでやられました。

ダンブルドア　ほかには？

マクラーゲン　攻撃《こうげき》をかわさないうちに反対呪文《じゅもん》をかけてしまいました。

ダンブルドア　よくできた。最後の一つ……一番大事なものは？

マクラーゲンは、視線《しせん》をそらして考える。ダンブルドアがそのすきに攻撃《こうげき》する。マクラーゲンが吹《ふ》っ飛び、ダンブルドアが創《つく》り出したソファにいったん落ちてから、床《ゆか》に滑《すべ》り落ちる。

ダンブルドア　最初の二つのミスから学ばなかった、というミスだ。

クラス中が笑う。ドアが開き、トラバース、テセウス、そのほか四人の闇祓《やみばら》いが入ってくる。若《わか》き日のミネルバ・マクゴナガルが抗議《こうぎ》しながら一緒《いっしょ》に入ってくる。

マクゴナガル　ここは学校です。あなた方には何の権利《けんり》も――

トラバース　私《わたし》は魔法法執行部《まほうほうしっこうぶ》の長だ。どこにでも行く権利《けんり》がある。

（生徒に向かって）出ていけ。

生徒たちは動かない。

ダンブルドア　（生徒たちに）マクゴナガル先生と一緒《いっしょ》に行きなさい。

好奇心《こうきしん》や警戒心《けいかいしん》を抱《いだ》いて、生徒たちが一列で出ていく。マクラーゲンが列の最後だ。

マクラーゲン　（トラバースに）この先生は、今までで最高の教師《きょうし》だ。

ダンブルドア　（静かに）ありがとう、マクラーゲン。

トラバース　出ていけ！

マクゴナガル　来なさい、マクラーゲン。

ドアが閉《し》まる。

トラバース　ニュート・スキャマンダーがパリにいる。

ダンブルドア　そうですか？
トラバース　知らぬふりはよせ。君の命令で行ったことはわかっている。
ダンブルドア　彼《かれ》を教える楽しさを知る者だったら、ニュートが命令に従《したが》う玉ではないことがわかるだろうに。

トラバースがダンブルドアに小さな本を放ってよこす。ダンブルドアが片手《かたて》で受ける。

トラバース　（本を指しながら）タイコ・ドドナスの予言の書を読んだことがあるだろうな？
ダンブルドア　だいぶ昔に。
トラバース　（読み上げる）「無残に捨《す》てられし息子、悲嘆《ひたん》にくれる娘《むすめ》戻《もど》れ――」
ダンブルドア　ああ、それは知っている。

トラバース　この予言が、オブスキュラスを生む者、オブスキュリアル、のことだという噂《うわさ》がある。グリンデルバルドが望むのは——

ダンブルドア　——一人の高貴《こうき》な生まれの手下。そういう噂《うわさ》は聞いた。

トラバース　にもかかわらず、あのオブスキュリアルあるところには必ずスキャマンダーが現《あらわ》れ、彼《かれ》を護《まも》ろうとする。一方君は、国外に相当な人脈《じんみゃく》を築《きず》き上げた。

ダンブルドア　（静かに、しかし頑《がん》として）トラバース、いつまで私《わたし》や私《わたし》の友人を監視《かんし》しても、あなたに対する反乱《はんらん》計画など見つかりはしない。なぜなら、われわれの望みは同じ、グリンデルバルドの打《だ》倒《とう》だ。ただし、警告《けいこく》しておく。あなたの抑圧《よくあつ》的なやり方は、やつの支持者《しじしゃ》を増《ふ》やすだけだ——

トラバース　君の警告《けいこく》など興味《きょうみ》はない！
（自分を制《せい》して）これを言うのは口惜《くちお》しいのだが、なぜなら——まあ、君が嫌《きら》いなんでね。

トラバースとダンブルドアの二人とも、笑いを漏《も》らす。

トラバース　しかし……やっと互角《ごかく》な魔法使《まほうつか》いは君だけだ。君にやっと戦ってほしい。

間。闇祓《やみばら》いたちが見つめる。

ダンブルドア　できない。

トラバース　このせいか？

トラバースの呪文《じゅもん》で、十代のダンブルドアとグリンデルバルドの映像《えいぞう》が現《あらわ》れる。闇祓《やみばら》いたちがショックを受ける。

十代のダンブルドアとグリンデルバルドはしっかりと見つめあう。

トラバース　二人は兄弟のように親しかった。
ダンブルドア　兄弟以上だった。

ダンブルドアが映像《えいぞう》を見ている。苦しい記憶《きおく》だ。ダンブルドアは後悔《こうかい》でいっぱいだが、もっと苦しいのは、人生の中でただ一度、自分が完全に理解《りかい》されていると感じた時を懐《なつ》かしむ気持ちだ。

トラバース　やっと戦う気はあるか？
ダンブルドア　（苦しげに）戦えない。
トラバース　ならば、君はどちら側につくか、立ち位置を選んだ。

トラバースが杖《つえ》をもう一度軽く振《ふ》る。太い金属《きんぞく》の手錠《てじょう》——戒《いまし》め錠《じょう》——が現《あらわ》れてダンブルドアの両手首に掛《か》かる。

トラバース　今後君の掛《か》ける呪文《じゅもん》を、私《わたし》がすべて掌握《しょうあく》する。君の監視《かんし》を強化する。そして、君にはもう闇《やみ》の魔術《まじゅつ》に対する防衛術《ぼうえいじゅつ》を教えさせない。
（テセウスに）リタはどこだ？　パリに行かねばならん！

トラバースが荒々《あらあら》しく出ていく。闇祓《やみばら》いたちが後に続く。テセウスが最後だ。

ダンブルドア　（静かに）テセウス。

テセウスが振《ふ》り返る。

ダンブルドア　テセウス、グリンデルバルドが集会を呼《よ》び掛《か》けたら、邪魔《じゃま》するんじゃないぞ。トラバースに君をそこに送り込《こ》ませるな。君がかつて私《わたし》を信じていたことがあるのなら――

トラバース　（声のみ o.s.）**テセウス！**

テセウスが去る。

シーン65　屋内　人気《ひとけ》のないホグワーツの廊下《ろうか》——日中

午後の遅《おそ》い時間の太陽が、窓《まど》から廊下《ろうか》に射《さ》し込《こ》んでいる。思い出だけが詰《つ》まっている誰《だれ》もいない廊下《ろうか》を、リタが歩いていく。開いているドアの前で立ち止まる。

大広間が、空中に浮《う》かぶろうそくで照らされている。

シーン66　**屋内　空《から》っぽの教室――日中**

リタがゆっくりと教室に入り、廊下《ろうか》を振《ふ》り返る。そして――

次の画面にオーバーラップ

シーン67　**屋内　空《から》っぽの教室――十七年前――**
午前中

13歳《さい》のリタが隠《かく》れている空《から》の教室の前を、マントを着た生徒たちが、ふくろうを連れて、トランクを載《の》せたカートを押《お》しながら通り過《す》ぎていく。冬学期の最後の日で、生徒たちはほとんど全員、帰宅《きたく》するところだ。

荷物を押《お》している13歳《さい》のグリフィンドール寮《りょう》の女子生徒たちにカメラを向ける。

グリフィンドール女子1　ねえ、彼女《かのじょ》、休暇《きゅうか》にはいつも学校に残るわ。家族があの子に家にいてほしくないのよ。

グリフィンドール女子2　無理もないわ。あんないやな子だもの。レストレンジって聞いただけで気持ちが悪くなるわ。

リタが女子生徒たちの前に飛び出し、杖《つえ》を向ける。

13歳《さい》のリタ　オスコーシ！　口消えよ！

グリフィンドール女子2の口が、ぴったり閉《と》じて、口がなくなったように見える。勝ち誇《ほこ》ったリタが、ショックをうけている生徒たちを押《お》しのけてその場から逃《に》げ出す。

グリフィンドール女子1　（叫《さけ》ぶ）マクゴナガル先生！　レストレンジがまた悪さを！

マクゴナガル　（声のみ o.s.）レストレンジ、お待ちなさい！　レストレンジ！　言うことを聞かない子だ。止まりなさい！　スリザリンは減点《げんてん》です。１００点！　２００点減点《げんてん》！　戻《もど》りなさい。すぐに！　止まれ！　止まりなさい！　やめなさい！　ここに戻《もど》りなさい！

マクゴナガルがグリフィンドール女子２の呪文《じゅもん》を解《と》いて、口がきけるようにする。

グリフィンドール女子2　先生、またレストレンジです。最悪——

マクゴナガルがその女子生徒２の口を呪文《じゅもん》で閉《と》じて黙《だま》らせる。

曲がり角を全速力で駆《か》けていくリタにカメラ。
脇《わき》のドアをこじ開け、中に飛び込《こ》む。

シーン68　屋内　ホグワーツの物置――十七年前――午前中

13歳《さい》のリタが、ぴしゃりと閉《し》めたドアに耳をつけて立っている。走る音や遠くで叫《さけ》ぶ声が聞こえる。突然背後《とつぜんはいご》から物音が聞こえ、リタは飛び上がって振《ふ》り返る。

13歳《さい》のニュートが物置の先客だった。水槽《すいそう》を二つ物置に隠《かく》していて、一つにはオタマジャクシ、もう一つにはストリーラー（色の変化する巨大なかたつむり）

が入っている。段《だん》ボール箱に布《ぬの》を敷《し》き、そっと抱《だ》いている大ガラスの雛《ひな》の巣にしている。大ガラスの折れた足に添《そ》え木がしてある。ニュートとリタが見つめあう。

13歳《さい》のリタ　スキャマンダー、どうして荷造《にづく》りしないの?

13歳《さい》のニュート　家には帰らない。

13歳《さい》のリタ　どうして?

13歳《さい》のニュート　(大ガラスのこと) この子には僕《ぼく》が必要だ。ケガしてる。

リタはタンクを見る。それから醜《みにく》い子ガラスを見る。ニュートが餌《えさ》のミミズをやっている。

13歳《さい》のリタ　それ、なあに?

13歳《さい》のニュート　大ガラスの子。

リタは少し興味《きょうみ》を持つ。

13歳《さい》のリタ　大ガラスは私《わたし》の家の紋章《もんしょう》よ。

リタはニュートがカラスの雛《ひな》の頭をなでるのを見ている。ニュートがそっとカラスをリタの手に乗せた時、リタは初めてニュートをまともに見る。

次のシーンにオーバーラップ

シーン69　屋内　闇《やみ》の魔《ま》術《じゅつ》に対する防《ぼう》衛《えい》術《じゅつ》の教室 ――十四年前――日中

まね妖怪《ようかい》、ボガートの授業《じゅぎょう》。ダンブルドアが、並《なら》んで戦いを挑《いど》んでいる十代の生徒たちを指導《しどう》している。「リディクラス」――「ばかばかしい」――サメが浮《う》き輪《わ》になったり、ゾンビの頭がカボチャになったり、バンパイアが出っ歯のウサギになったりするたびに、大はしゃぎの生徒たち。

ダンブルドア　よーし、ニュート。勇気を出せ。

16歳《さい》のニュートが列の先頭に出る。ボガートが魔法省《まほうしょう》の机《つくえ》に変わる。

ダンブルドア　ウーム、これは珍《めずら》しい。スキャマンダー君がこの世で何よりも怖《こわ》いのは何かね？

16歳《さい》のニュート　事務所《じむしょ》で仕事をすることです。

クラス全員が大笑いする。

ダンブルドア　ニュート、行け。

16歳《さい》のニュート　リディクラス！

ニュートは、机《つくえ》を、跳《と》びはねる木製《もくせい》のドラゴンに変えて脇《わき》に退《ど》く。

ダンブルドア　よくできた。

16歳《さい》のリタの番がくるが、リタは動かない。怯《おび》えている。

ダンブルドア　(優《やさ》しく、リタに)リタ、ただのまね妖怪《ボガート》だ。君を傷《きず》つけはしない。誰《だれ》にでも怖《こわ》いものはある。

女子生徒が固まって立っている。リタが怖《こわ》がるのを面白がっている。

グリフィンドール女子1　わたし、この時を待ってたわ。

リタが進み出る。ボガートが変身したとたん、笑い声がすべて消える。緑の光がクラス全員の恐怖《きょうふ》の表情《ひょうじょう》を照らす。

こどもの小さな手の影《かげ》が見える。リタはすすり泣きながら教室から走り去る。

シーン70 屋外　ホグワーツの湖　ボウトラックルの島――十四年前――夕方

目を泣きはらして湖のそばに座《すわ》っているリタを、ニュートが見つける。二人は目を合わせる。

16歳《さい》のリタ　何も話したくないわ！

ニュートが手を差し伸《の》べてリタを立たせる。リタの手を引いて、何本かの木の前を通り過《す》ぎ、ボウトラックルが木登りをしたり、けんかしたり、遊んだりしている木の前に来る。人間の近づく気配で、ボウトラックルはピタリと動きを止めるが、ニュートだとわかって安心する。ニュートが指を差し出すと、一匹《びき》がそれに飛び乗る。

16歳《さい》のニュート　こいつらは僕《ぼく》を知ってるんだ、じゃなきゃ隠《かく》れる。杖《つえ》を作れる木にしか巣を作らないんだ。知ってた？
(間)
それに、とても複雑《ふくざつ》な社会生活をしている。長く見ていればわかるけど……

ニュートのことばが途切《とぎ》れて消える。リタはボウトラックルでなくニュートを見つめている。ボウトラックルを手首に乗せたニュートがリタに近づく。ニュートの手がリタの手にかすかに触《ふ》れる。

ダンブルドア　（声のみ v. o.）やあ、リタ。

次のシーンにオーバーラップ

シーン71　屋内　ホグワーツの空《から》の教室——午後

現在《げんざい》の教室で、リタが、昔の自分の机《つくえ》に座《すわ》っている。ダンブルドアが入ってくる。

ダンブルドア　これは驚《おどろ》いた。

リタ　（冷たく）私《わたし》が教室にいるからですか？　私《わたし》はそんなに悪い生徒だったのかしら？

ダンブルドア　それどころか、私《わたし》の生徒の中で一番優秀《ゆうしゅう》な一人だった。

リタ　悪い生徒とできの悪い生徒はちがうわ。答えは要《い》りません。先生が私《わたし》を嫌《きら》っていたことはわかっています。

ダンブルドア　さて、それは違《ちが》う。私《わたし》は君が悪い子だと思ったことはない。

リタ　それじゃ、先生は唯一《ゆいいつ》の人ですわ。ほかの人はみんなそう思っていた。

（ひっそりと）その通りだった。私《わたし》は性悪《しょうわる》でした。

間。ダンブルドアがリタを観察する。

ダンブルドア　リタ、弟のコーヴァスのうわさがどんなにつらいか、わかるよ。

リタ　いいえ、おわかりにならないわ。弟がいて、その弟が死んでいればべつですけど。

ダンブルドア　私《わたし》の場合は妹だった。

リタが怒《いか》りと好奇心《こうきしん》の混《ま》じった目でダンブルドアを見つめる。

リタ　愛していましたか？

ダンブルドア　もっと愛するべきだった。

ダンブルドアがリタに近寄《ちかよ》る。

ダンブルドア　自分を解放《かいほう》するのに遅《おそ》すぎるということはない。告白《こくはく》は救済《きゅうさい》だと言われている。重荷が軽くなる。

リタがダンブルドアを見つめる。この人は何を知っているのか――疑《うたぐ》っているのか？

ダンブルドア　（小声で s. v.）私《わたし》は後悔《こうかい》を道連れにしてきた。君はそうならないように。

シーン72　屋内　グリンデルバルドの隠《かく》れ本部
客間――日暮《ひぐ》れ時

クイニーがソファにかけている。そばのテーブルに紅茶《こうちゃ》とケーキ。クイニーが空《から》になったティーカップを置く。ロジエールが絶《た》え間なく紅茶《こうちゃ》を注ぎ足すので、クイニーがやや気まずい思いをしているのがわかる。

クイニー　あ、もう結構《けっこう》です。とてもご親切にしていただいて。でも、姉がきっと死ぬほど心配して探《さが》していると思います。あちこちの家の戸をバンバン叩《たた》いて、とか。ですからもうお暇《いとま》します。

ロジエール　でもまだこの館の主人に会っていらっしゃらないわ。

クイニー　(少しせつなげに)まあ、結婚《けっこん》していらっしゃるの?

ロジエール　(微笑《ほほえ》みながら)そうね……深くかかわっていますわ。

クイニー　(皮肉でなく)あの、わからないわ。冗談《じょうだん》なのか、それともあなたが……フランス流だからなのか。

ロジエールは笑い声をあげて部屋から出ていく。クイニーは訳《わけ》が分からない。魔法《まほう》のかかったティーポットが宙《ちゅう》に浮《う》き、ティーカップに紅茶《こうちゃ》を注ぎたくてクイニーを小突《こづ》く。

クイニー　（ティーポットに）ヘイ、止《や》めてよ。

ドアが開いて、グリンデルバルドが入ってくる。クイニーが立ち上がり、ティーカップは床《ゆか》に落ちて割《わ》れる。クイニーが杖《つえ》を出してグリンデルバルドを狙《ねら》う。

クイニー　近寄《ちかよ》らないで。あなたが誰《だれ》だか知ってるわ。

グリンデルバルドがゆっくりとクイニーに近づく。

グリンデルバルド　クイニー、君を傷《きず》つけるつもりはない。助けたいだけだ。君は今、故郷《こきょう》から遠く離《はな》れてしまった。愛するすべての者から離《はな》れ、安らげるものからすべて離《はな》れて。

クイニーは杖《つえ》を上げたまま目を見張《みは》る。

グリンデルバルド　君が傷《きず》つくのを見たくない。姉さんが闇祓《やみばら》いなのは、君のせいではない。君が私《わたし》とともに、新しい世界を作るようになって欲《ほ》しい。我々《われわれ》魔法使《まほうつか》いが、自由に、公然と生き、自由に愛することのできる世界を。

グリンデルバルドがクイニーの杖《つえ》の先に触《ふ》れ、杖《つえ》を下ろさせる。

グリンデルバルド　君は無垢《むく》な人だ。行きたまえ。この家から出て。

シーン73

屋内　ホグワーツ　必要の部屋
――夜

質素《しっそ》な部屋。黒いベルベットに覆《おお》われた大きなものが、壁《かべ》に立てかけてある。ダンブルドアは立ったまま考えているが、やがてそれに近づいて覆《おお》いを引きおろす。

「みぞの鏡」が現《あらわ》れる。もう何年もこの鏡を見ていない。気を奮《ふる》い立たせて、今、鏡を見る。

十代のダンブルドアとグリンデルバルドが、納屋《なや》で向き合っている。二人とも杖《つえ》で手のひらに刻《きざ》み目をつける。血の出ている手のひらを握《にぎ》り合う……

ダンブルドアは鏡を覆《おお》いたくなる衝動《しょうどう》と戦いながら顔をそむける。

勇気を奮《ふる》い起こして、ダンブルドアが目を上げる。

二人の血まみれの手のひらから、鮮《あざ》やかな血が二滴《てき》立ち昇《のぼ》り、交じり合って一つになる。その周りに金属《きんぞく》の何かが現《あらわ》れ、だんだん形がはっきりして、細部ができあがる。グリンデルバルドの小瓶《こびん》だ。

イメージが薄《うす》れて、黒い背景《はいけい》に囲《かこ》まれた現在《げんざい》のグリンデルバルドが、鏡の中から微笑《ほほえ》みかけている。

シーン74　屋外　パリ　モントモレンシー通り――午後

ニコラス・フラメルの家の俯瞰ショット

シーン75　屋内　フラメルの家――午後

薄気味《うすきみ》の悪い、中世の古い家の客間。幾枚《いくまい》ものタペストリーの中で、数字やルーン文字が動いている。隅《すみ》に置いてある大きな水晶玉《すいしょうだま》の中には、黒雲が見える。ティナは気付け薬の瓶《びん》で、カーマを目覚めさせようとしている。カーマがわずかに身動きする。タイコ・ドドナスの予言の書がポケットから床《ゆか》に滑《すべ》り落ちる。

ティナが拾い上げて、カーマが下線を引いた予言のページを開く。

ニュートのカバンが、開けられたままテーブルに置いてある。中からズーウーの吠《ほ》え声がする。ティナは振《ふ》り返ってカバンを見、耳を傾《かたむ》けてその声をじっと聞く。

シーン76
屋内　ニュートのカバン
ズーウーの囲《かこ》い地——午後

荒涼《こうりょう》とした中国の棲息地《せいそくち》。ズーウーに転がされて、ニュートはびっしり生えた下草の中で丸くなっている。ズーウーがニュートを拾い上げて前足の爪《つめ》でぶら下げる。

シーン77　屋内　フラメルの家――午後

ジェイコブが入ってきて、カバンをじっと見ているティナを見る。ティナは大急ぎで視線《しせん》を本に戻《もど》す。


ジェイコブ　（カバンの中に呼《よ》び掛《か》ける）オーイ、ニュート。ティナはここだ。一人で寂《さび》しそうだ。上がってきて相手してやれば？

（間）

ずっと食い物を探《さが》してたんだが、何にも見つからない。

上に行けば何かあるかもしれない――そうだな――屋《や》根《ね》裏《うら》にでも！

シーン78
屋内　ニュートのカバン
ズーウーの囲《かこ》い地——午後

ズーウーの前足の爪《つめ》にぶら下がったままで、ニュートはこの雌《めす》のズーウーをなだめたりすかしたりして、なんとかハーネスを外してやろうとする。やっと鎖《くさり》が外れ、ズーウーは自由になる。

ニュート　レラシオ　解放《かいほう》せよ
これで大丈夫《だいじょうぶ》だ。

ジェイコブ　(声のみ o.s.) じゃあな!

シーン79　屋内　フラメルの家——午後

ジェイコブがその場を離《はな》れようとした時、ニュートがカバンの中を登って外に出てくる。

ニュート　あの雌《めす》のズーウーにはハナハッカがよく効《き》いた。走るのは本能《ほんのう》だからね。たぶん自信を無くしてるだけだ——

ニュートがティナをちらりと見る。ティナはタイコ・ドドナスの予言書をポケットに入れ、ニュートの方をまともに見ないで話しかける。

ティナ　スキャマンダー——さん、この人を目覚めさせる薬を持っていませんか？　聞きたいことがあるので。クリーデンスが何者なのかを知っていると思うし。この手の傷《きず》はおそらく「破《やぶ》れぬ誓《ちか》

ニュート　い」――

（熱っぽく、ティナの言葉に被《かぶ》せて）――「破《やぶ》れぬ誓《ちか》い」。うん、僕《ぼく》もそれに気づいた――

二人は意識《いしき》のないカーマを調べる。

ニュート　ルーモス　光よ

ニュートが杖《つえ》先の灯りを近づけて、カーマの目を見ようとしたとき、ニュートとティナの手が触《ふ》れ合う。二人ともびくっとする。ニュートがカーマの目をのぞき込《こ》む。小さな触手《しょくしゅ》がちらっと現《あらわ》れてたちまち引っ込《こ》む――

ティナ　（息を飲む）あれは何？

ニュート　（深刻《しんこく》な口調）下水に水竜《すいりゅう》がいるに違《ちが》いない――水竜《すいりゅう》にこういう寄生虫《きせいちゅう》がついているんだ。こいつらは……ジェイコブ？

ジェイコブ　なんだ？
ニュート　僕《ぼく》のカバンのポケットに、ピンセットがある。
ジェイコブ　ピンセット？
ニュート　細くて尖《とが》ってて――
ティナ　細くて小さくて尖《とが》ってるもの。
ジェイコブ　ああ、ピンセットがなんだかは知ってるよ。
ニュート　（ティナに）君は見ないほうがいいかも……
ティナ　平気だわ。

ニュートが首尾《しゅび》よく触手《しょくしゅ》を捕《つか》まえて、カーマの目から引っ張《ぱ》り出す。

ニュート　ほうら出てこい、大丈夫《だいじょうぶ》だよ。ジェイコブ、これ持っててくれる？

ニュートは、ひょろりとしたミズグモのようなものを引っ張《ぱ》り出し、ジェイコブに渡《わた》す。

ジェイコブ　オエ！　食えねえカラマーリだな。

カーマがなにかぶつぶつ言い始める。意識《いしき》がはっきりせず、混乱《こんらん》している。

カーマ　やつを殺《ころ》さねば……

ティナ　誰《だれ》のこと？　クリーデンス？　誰《だれ》なの？

ニュート　回復《かいふく》まで数時間かかるかもしれない。この寄生虫《きせいちゅう》はとても毒性《どくせい》が強い。

ティナ　魔法省《まほうしょう》に行って、わかったことを報告《ほうこく》しないと。（声がかすかに震《ふる》えている）お会いできてよかったわ、スキャマンダーさん。

ティナは勢《いきお》いよく部屋から出ていく。当惑《とうわく》して動揺《どうよう》しているニュートを残して。

シーン80 屋内 フラメルの家 玄関《げん》《かん》ホール――午後

ジェイコブが玄関《げんかん》ホールまでティナを追いかける。

ジェイコブ おーい、ちょっと待てよ。なあ、待ってったら！ ティナ！

ティナは行ってしまう。玄関《げんかん》のドアが閉《し》まった時、ニュートが客間のドアに現《あらわ》れる。

ジェイコブ （ニュートに）サラマンダーの目のこと、言ってないだろうな。

ニュート 言ってない、あの人、ただ――行っちゃった。なにがなんだか……

ジェイコブ （きっぱりと）なら、追っかけろ！

ニュートはカバンをつかむ。出ていく。

シーン81　屋外　モントモレンシー通り――日暮《ひぐ》れ時

ティナが急ぎ足で歩いていく。ニュートが急いで追いつく。

ニュート　ティナ、話を聞いてくれ――

ティナ　スキャマンダーさん、私《わたし》、魔法省《まほうしょう》に話をしに行かないと。あなたが闇祓《やみばら》いのことをどう思っているか知ってるわ――

ニュート　君への手紙に書いたこと、少し言葉が過《す》ぎたかもしれない――

ティナ　正確《せいかく》にどう言ったかしら？　出世第一の偽善者《ぎぜんしゃ》の集まり？

ニュート　悪いけど、自分が怖《こわ》いものとか誤解《ごかい》しているものに対して、「殺《ころ》せ！」ってしか言えない連中は尊敬《そんけい》できない。

ティナ　私《わたし》も闇祓《やみばら》いだけど、そんなこと言わない――

ニュート　そう。それは君が真ん中の頭になってるからだ！

ティナ　（立ち止まって）え？

ニュート　三つ頭の蛇《へび》、ルーンスプールから出た表現《ひょうげん》なんだ。真ん中の頭は夢想家《むそうか》だ。欧州《おうしゅう》の闇祓《やみばら》いはみんな、クリーデンスを殺《ころ》そうとしている――君以外は。君は真ん中頭になってるんだ。

――間

ティナ　スキャマンダーさん、その言い方、他に誰《だれ》か使うの？

ニュートは考える。

ニュート　僕《ぼく》だけかもしれない。

明かりが全部消え、すべての建物が黒い帳《とばり》のようなもので包まれる。

マグルたちは全く気づかずに通り過《す》ぎるが、近くを歩いている赤毛の若《わか》い魔女《まじょ》には、ニュートやティナと同じように、帳《とばり》が見えている。

ティナが道の真ん中に進み出て、空から降《お》りてくる黒い絹《きぬ》が、周りの建物を闇《やみ》に包み込《こ》むのを見ている。

ティナ　　**グリンデルバルドだわ。信奉者《しんぼうしゃ》を招集《しょうしゅう》してる。**

カメラはパン・アップして、流れ落ちる黒い布《ぬの》の一枚《まい》を追い、パリの空撮《くうさつ》になる。パリ全体がグリンデルバルドの黒い帳《とばり》で覆《おお》われている。

シーン82　屋外　魔《ま》法《ほう》界《かい》のカフェ——日《ひ》暮《ぐ》れ時

魔《ま》法《ほう》使《つか》いや魔《ま》女《じょ》が急いで外に出て、マグルの通行人には見えないものを見ている。

シーン83　屋外　パリの街角——日《ひ》暮《ぐ》れ時

クイニーが一番近くの黒い布《ぬの》に触《ふ》れると、そこに白い大ガラスの紋《もん》章《しょう》が現《あらわ》れる。

シーン84 ファステンバーグ広場——日暮《ひぐ》れ時

ニュートはまだティナを追いかけている。壮大《そうだい》に広がるグリンデルバルドの帳《とばり》が、二人を取り囲《かこ》んでいる。

ティナ もう遅《おそ》いわ。グリンデルバルドがクリーデンスを追ってきた。

ニュート もう捕《つか》まえたかもしれない。

（突然《とつぜん》力強く）まだ間に合う。僕《ぼく》たちが先に彼《かれ》を見つけられる。

ニュートはティナの手を取って引っ張《ば》っていく。

ティナ どこへ行くの？

ニュート フランス魔法省《まほうしょう》。

ティナ そんなところ、クリーデンスは絶対《ぜったい》行かないわ！

ニュート　魔法省《まほうしょう》の金庫に箱が隠《かく》されている。クリーデンスが何者かを教えてくれる箱だ。

ティナ　箱？　いったい何の話？

ニュート　僕《ぼく》を信じて。

シーン85　屋外　持ち主のいない廃屋《はいおく》
屋上——午後の遅《おそ》い時間

クリーデンスが鳥の餌《えさ》を細かくして、小さな雛《ひな》に餌《えさ》をやっている。ナギニがその背後《はいご》に現《あらわ》れる。

クリーデンス　おいで、ほらおいで。自由になれるよ。

ナギニ　（切羽《せっぱ》詰《つ》まった声）クリーデンス。

ナギニが、開いている窓《まど》からクリーデンスを屋上に連れ出す。エッフェル塔《とう》が背後《はいご》に見える。

カメラをパンして、屋上に座《すわ》っているグリンデルバルドをとらえる。二人の近くにいる。

グリンデルバルド　シーッ。

クリーデンス　（小声で）何が望みだ？

グリンデルバルド　君からか？　何も。君のためになら、私《わたし》には得《え》られなかったものすべてを望もう。君は何を望むのかね？

クリーデンス　自分が誰《だれ》なのかを知りたい。

グリンデルバルド　君の本当の素性《すじょう》を証明《しょうめい》するものは、ここで見つかる。

グリンデルバルドはポケットから一枚《まい》の羊皮紙を取り出して空中に放り投げる。

羊皮紙はひらひらとクリーデンスの方に飛び、その手にそっと落ちる。

グリンデルバルド　ペール・ラシェーズ墓地《ぼち》に、今夜来い。真実がわかる。

グリンデルバルドは一礼し、ペール・ラシェーズ墓地《ぼち》の地図を手にしたクリーデンスを残して「姿《すがた》くらまし」する。

シーン86　屋内　フラメルの家——日暮《ひぐ》れ時

ジェイコブは、寝苦《ねぐる》しそうに椅子《いす》で眠《ねむ》っている。そばで、半分意識《いしき》の戻《もど》ったカーマがぶつぶつ言っている。

カーマ　父上……どうして私《わたし》にこんな……？

ジェイコブが、悪い夢《ゆめ》から醒《さ》めるように、跳《と》び起きる。

ジェイコブ　待って！　待って――

完全に目覚めたジェイコブ。胃《い》がぐるぐる鳴る。

ジェイコブの背後《はいご》に人影《ひとかげ》。600歳《さい》のニコラス・フラメルが、自分の錬金術《れんきんじゅつ》の工房《こうぼう》に立っている。

フラメル　すまんが、この家には食べ物を置いてない。

ジェイコブがヒッと恐怖《きょうふ》の悲鳴をあげる。

ジェイコブ　（怯《おび》えて）あんた、ゴーストか？

フラメル　(面白がって)　いやいや、生きておるよ。わしは錬金術師《れんきんじゅつし》で、したがって死なない。

ジェイコブ　せいぜい375歳《さい》にしか見えないですよ。あ、すみません、俺《おれ》たちドアをノックもせずに――。

フラメル　大事ない。アルバスが友人が立ち寄《よ》るかもしれんと言っておった。

ジェイコブ　(手を差し出して)　ニコラス・フラメルじゃ。あ、ジェイコブ、コワルスキーです。

二人は握手《あくしゅ》する。ジェイコブの握《にぎ》り方は強い――フラメルの脆《もろ》い骨《ほね》には強すぎる。

フラメル　イタタ！

ジェイコブ　すみません。

フラメル　大丈夫《だいじょうぶ》じゃ。

ジェイコブ　ついうっかり――

フラメルは大きな水晶玉《すいしょうだま》に近づく。中で渦巻《うずま》いている黒雲に、稲妻《いなずま》が現《あらわ》れる。

ジェイコブ　ハハン、とうとう起こり始めた！

フラメル　（近づいて）こういうの、前に見たことある。お祭りで。ベールをかぶった女性《じょせい》がいて、5セント硬貨《こうか》一枚《まい》で未来を占《うらな》ってくれた。

（間）

正直、だいぶ外れたけどな。

カメラは水晶玉《すいしょうだま》にズームする。黒い煙《けむり》が渦巻《うずま》き、稲妻《いなずま》が光っている。その中央に見えるのは、クリーデンス――

ジェイコブ　オイ――ちょっと待った！　俺《おれ》、こいつを知ってる。あの子だ。

クリーデンスっていう――

――やがてそれは、大ガラスの石像《せきぞう》が目立つ、レストレンジ家の霊廟《れいびょう》になる。
突然《とつぜん》、その霊廟《れいびょう》に、クイニーが現《あらわ》れる。石のベンチに腰掛《こしか》けて何かを待っている……

ジェイコブ おい！ クイニーだ！ ここにいた。

（クイニーに話しかけるように）ハイ、ベイビー！

フラメル （フラメルに）ここはどこなんだ？ ここはここ？

レストレンジ家の霊廟《れいびょう》じゃ。ペール・ラシェーズ墓地《ぼち》にある……

ジェイコブ （水晶玉《すいしょうだま》の中のクイニーに）今行くよ、ベイビー。動くんじゃないぞ――

（フラメルに）ありがとう。ありがとう、フラメルさん。

ジェイコブが感謝《かんしゃ》してフラメルの手を握《にぎ》る。

フラメル　アーッ！
ジェイコブ　あ、また。すみません！　すみません。オーケー？
フラメル　イタタ……。
ジェイコブ　オー――寄生虫《きせいちゅう》君をよろしく頼《たの》みます。

ジェイコブが振《ふ》り返ると、ソファは空《から》っぽ。ジェイコブは部屋から玄関《げんかん》ホールへと駆《か》け出す。玄関扉《げんかんとびら》が開いている。カーマは逃亡《とうぼう》した。

ジェイコブ　まずい。すみません。俺《おれ》、行かないと。
フラメル　どうか、墓地《ぼち》には行かないで！

しかしジェイコブもまた、夜の街へと走り出す。

フラメルにカメラを戻《もど》す。

フラメルはよろよろとジェイコブを追うが、もう行ってしまったことがわかると、心配そうに水晶玉《すいしょうだま》のそばに戻《もど》る。中で黒い炎《ほのお》が渦巻《うずま》いている。

フラメルはよろよろと工房《こうぼう》に戻《もど》り、戸棚《とだな》を開ける。ガラスの小瓶《こびん》、試験管、輝《かがや》く「賢者《けんじゃ》の石」などが垣間見《かいまみ》える。フラメルは棚《たな》から、フェニックスの型押《かたお》しのある、鍵《かぎ》のかかった重い本を取り出す。錠前《じょうまえ》に触《ふ》れると、本がパッと開く。

カメラが本にズームする。フラメルがページをめくる。

どのページにも写真と名前が載《の》っている。どのページをめくっても、写真の主が全部消えている。

フラメル　なんとしたこと――

ダンブルドアの写真は空《から》だ。

別なページを開くと、アメリカの魔法《まほう》学校、イルヴァモーニーの若《わか》い教師《きょうし》、

ユーラリー・ヒックスが、心配そうにあたりを見回す。

ユーラリー　何事ですか？

フラメル　彼《かれ》の言ったとおりのことが起こる。グリンデルバルドが、今夜墓地《ぼち》で集会を開き、死人が出る！

ユーラリー　それではあなたが行かなければ！

フラメル　（パニックして）え？　ここ二百年間、わしは戦いを見ておらん……

ユーラリー　フラメル、あなたならできます。あなたを信じているわ。

シーン87 屋外　ファステンバーグ広場——日中

ティナとニュートが広場近くの路地から広場を見ている。木立の根が立ち上がって鳥かごの形のエレベーターになり、フランス魔法省《まほうしょう》に通じることは、以前の場面に出てきた。

ニュート　箱は先祖《せんぞ》の記録室にある。ティナ、地下三階だ。

ニュートはポケットを探《さぐ》って小さなボトルを取り出す。中にはドロドロした液《えき》体《たい》が二滴《てき》ほど残っている。

ティナ　ポリジュース薬？

ニュート　（ボトルを見ながら）僕《ぼく》が中に入るだけの量はある。

ニュートは着ているコートを見下ろして、肩《かた》についているテセウスの髪《かみ》の毛を見つける。それを液体《えきたい》に入れて飲むと、テセウスに変身するが、ニュートの服を着たままだ。

ティナ　誰《だれ》――?

ニュート　兄のテセウスだ。闇祓《やみばら》い。その上ハグ好きだ。

シーン88　屋内　フランス魔《ま》法《ほう》省《しょう》　受付階――夜

テセウスが会議室を出て、待っていたリタに急いで近づく。

リタ　何があったの?

テセウス　グリンデルバルドが集会を開く。どこかはわからないが、今夜だとみている。

リタとテセウスがキスする。

リタ　気をつけてね。
テセウス　ああ。
リタ　気をつけるって約束して。
テセウス　もちろん気をつけるとも。いいか、このことは僕《ぼく》の口から君に知らせたかった。クリーデンスが、行方不明の君の弟かもしれないという噂《うわさ》だ。
リタ　弟は死んだわ。死んだのよ。テセウス、何度言ったら?
テセウス　わかってる。わかってる。記録だ、記録がそれを証明《しょうめい》する、オーケー?　記録は嘘《うそ》がつけない。
トラバース　（鋭《するど》く）テセウス。

テセウスはリタのそばを離《はな》れて、トラバースのところに行く。

トラバース　集会の参加者は全員逮捕《たいほ》しろ。抵抗《ていこう》したら――

テセウス　部長――お言葉ですが……あまり締《し》め付けると、火に油を――

トラバース　いいからやれ。

テセウスが、頭を低くしてタイプ室の中を通っていくニュート（偽《にせ》テセウス）とティナを見つける。兄弟の目が合う。

ニュート（偽《にせ》テセウス）とティナにカメラを向ける。

ニュート（偽《にせ》テセウス）はティナの腕《うで》をつかみ、廊下《ろうか》の突《つ》き当りで急カーブを切る。テセウスは、怒《おこ》っているトラバース（ニュートに気づいていない）とリタを置き去りにして追跡《ついせき》する。リタは人混《ひとご》みから後退《あとずさ》りして、脇《わき》のドアからするりと入る。

シーン89　屋内　フランス魔《ま》法《ほう》省《しょう》　廊《ろう》下《か》——夜

ニュート（偽《にせ》テセウス）とティナが、ずらりと絵のかかった廊《ろう》下《か》を走っていく。
ポリジュース薬の効《き》き目がもう切れつつある。

ニュート　フランス魔《ま》法《ほう》省《しょう》の中では「姿《すがた》くらまし」はできないだろうね？
ティナ　できないわ。
ニュート　残念だ。

ポリジュースが完全に切れる。

ティナ　ニュート！
ニュート　わかっている。ここには警《けい》——

たちまち、廊下《ろうか》の絵という絵がニュートの顔に変わる。警報《けいほう》が鳴る。

警報《けいほう》　（声のみ o.s. フランス語と英語で）緊急事態《きんきゅうじたい》！　緊急事《きんきゅうじ》態《たい》！　お尋《たず》ね者のニュート・スキャマンダーが魔法省《まほうしょう》に侵《しん》入《にゅう》！

テセウスが画面に入ってくる。

テセウス　ニュート！

ティナ　（走りながら）あれがお兄さん？

ニュート　そう――手紙で言ったと思うけど、僕《ぼく》たちはとても複雑《ふくざつ》な関係で――

テセウス　**ニュート、止まれ！**

ニュートとティナは、全速力で二つ目のドアを通る。その先は――

シーン90

屋内　フランス魔《ま》法《ほう》省《しょう》　郵《ゆう》便《びん》室《しつ》――夜

――郵《ゆう》便《びん》の部屋だ。年老いたポーターが二人、円形の部屋で郵《ゆう》便《びん》物《ぶつ》のカートを押《お》している。

郵《ゆう》便《びん》室《しつ》を疾《しっ》走《そう》する二人の後ろから、テセウスが呪《のろ》いを放ち、郵《ゆう》便《びん》カートに載《の》った箱を吹《ふ》き飛ばす。

ティナ　お兄さん、あなたを殺《ころ》したいの？

ニュート　いつもそうだよ。

テセウス　待て！

ティナが呪《じゅ》文《もん》を阻《そ》止《し》する。

ティナ　あの人、頭を冷やさなくちゃ！

ティナが杖《つえ》で狙《ねら》う。テセウスが吹《ふ》き飛んで、ティナがどこからともなく創《つく》り出した背《せ》もたれの高い椅子《いす》に勢《いきお》いよく座《すわ》らされる。両手を縛《しば》られたテセウスが、椅《い》子《す》もろとも後向きに会議室に飛んでいき、壁《かべ》に激突《げきとつ》する。

ニュート　（感じ入って）これ、僕《ぼく》の人生で最高の瞬間《しゅんかん》かもしれない。

ティナが声をあげて笑う。ニュートとティナは全速力で駆《か》け続ける。

シーン91　屋内　レストレンジの霊廟《れいびょう》——夜

たくさんの石棺《せっかん》が納《おさ》められた古い霊廟《れいびょう》。リタの父親の巨大《きょだい》な大理石の墓《はか》がひときわ高くそびえている。

アバナシーとマクダフが、フランス魔法省《まほうしょう》から回収《かいしゅう》した包みを持って入ってくる。中から見事な箱を取り出し、それを霊廟《れいびょう》に仕掛《しか》ける。見つけ出させる計画なのだ。

シーン92 屋外　ペール・ラシェーズ墓地《ぼち》――それから間もなく――夜

ジェイコブが、水晶玉《すいしょうだま》で見た墓《はか》を探《さが》し、暗い人気《ひとけ》のない墓地《ぼち》を、息を切らして走っている。遠くに見えるかすかな明かりが、ジェイコブに、レストレンジ家の霊廟《れいびょう》を示《しめ》している。

シーン93　屋外　レストレンジ家の霊廟《れいびょう》

――直後――夜

ジェイコブが霊廟《れいびょう》にたどり着く。楣石《まぐさいし》に大ガラスの石像《せきぞう》。

ジェイコブ　（小声で）クイニー？

応《こた》えはない。ジェイコブが中に入る。

シーン94　屋内　レストレンジ家の霊廟《れいびょう》――夜

ジェイコブにカメラを向ける。黒っぽい影《かげ》と石棺《せっかん》でいっぱいの小さなスペースに入っていく。ランプが一つだけ。

ジェイコブ　クイニー、ハニー?

魔法使《まほうつか》い　男　そのまま動くな。

ジェイコブの背後《はいご》で人の気配。ジェイコブが振《ふ》り向こうとするが、杖《つえ》をつきつけられて動けない。

シーン95　屋内　フランス魔法省《まほうしょう》記録室のアトリウム――夜

ニュートとティナが角を曲がると、美しいアトリウムに出る。木立を模《も》したアール・ヌーボーの彫刻《ちょうこく》を施《ほどこ》した扉《とびら》がそびえている。机《つくえ》の向こうに座《すわ》っている高《こう》齢《れい》の魔女《まじょ》、メルシーンが行く手を阻《はば》む。

メルシーン　プイ　ジュ　ヴゼデ？（ご用件《ようけん》は？）

ニュート　えーと――こちらはリタ・レストレンジ。そして――僕《ぼく》は彼女《かのじょ》の――（小声で婚約者《フィアンセ》と言おうとする）

ティナ　婚約者《フィアンセ》です。

メルシーンが古い本を取り上げて机《つくえ》に置き、ページを開く間、二人の間の気づまりな思いが募《つの》る。

カメラはメルシーンのしわくちゃの指にズームする。「L《エル》」で始まる姓《せい》のリストを指がなぞっていく。

メルシーン　（二人に扉《とびら》を指さして）アレジ（どうぞ）。

ティナ　（小声で）メルシー（どうも）。

ニュート　（ティナの背後《はいご》で、小声で）ありがとう。

ニュートは急いでティナの手を取り、記録室の扉《とびら》へと進む。メルシーンの目が、疑《うたが》わし気に二人を追う。

ニュート　ティナ、あの婚約《こんやく》のことだけど――

ティナ　（脆《もろ》く崩《くず》れそうな声）ごめんなさい、ええ。お祝いを言うべきだったわ――

記録室の扉《とびら》が開く。二人がすばやく入る。

シーン96　屋内　フランス魔法省《まほうしょう》　記録室――夜

扉《とびら》が閉《し》まり、二人は突然《とつぜん》真っ暗闇《くらやみ》に閉《と》じ込《こ》められる。

ニュート　いや、あれは――

ティナ　ルーモス　光よ

目の前の広大な区域《くいき》に塔《とう》が並《なら》んでいる。すべてに木立のような彫刻《ちょうこく》が施《ほどこ》され、まるで森の端《はし》に立っているような感じだ。ピケットがニュートのポケットから首を出し、興奮《こうふん》してキーキー鳴く。

ティナ　レストレンジ家《け》！

何事もおこらない。

ティナが歩き出す。ニュートがすぐ後に続く。彫刻《ちょうこく》された塔《とう》には羊皮紙の巻紙《まきがみ》やら、ところどころに予言やら、謎《なぞ》めいたトランクや箱などが置かれている。二人はその間を縫《ぬ》うように歩く。

ニュート　ティナ——リタのことだけど——

ティナ　ええ、今言ったとおりよ。私《わたし》、ハッピーだわ——

ニュート　いや、あの、ハッピーにならないで。

ティナが立ち止まってニュートを見る。え？

ニュート　ハッピーにならないで。(困《こま》って）あ、ちがう、ちがう、ごめん、別に……あ、もちろん僕《ぼく》——もちろん僕《ぼく》、君にハッピーになってほしい。それに、君は今こそうだって聞いた。あ、それってすばらしい。ごめん――
（どうしようもないというしぐさ）僕《ぼく》が言いたいのは、君には
ハッピーになってほしいけど、僕《ぼく》がハッピーだからってハッピー
にはならないで。だって、僕《ぼく》は、ハッピーじゃないんだから。
（ティナの混乱《こんらん》を見て即座《そくざ》に）ハッピーじゃない。
（混乱《こんらん》したままのティナ）婚約《こんやく》もしていない。

ティナ　えっ？

ニュート　あのバカな雑誌《ざっし》のまちがいだ。兄がリタと6月6日に結婚《けっこん》する。
僕《ぼく》は兄の付添人《つきそいにん》。それって、ちょっと笑えるな。

ティナ　お兄さんは、あなたが彼女《かのじょ》を取り返す気だと思っているの？
（間）
そうなの？

ニュート　ちがう！　僕《ぼく》がここにいるのは――

間。ニュートがティナを見つめる。

ニュート　――あのね、君の瞳《ひとみ》って、本当に――
ティナ　なんだって言うの？
ニュート　言っちゃいけないんだ。

ピケットがニュートのポケットから一番近い塔《とう》に上っていくが、ニュートは気がつかない。

間。二人とも急《せ》きこんで。

ティナ　ニュート、あなたの本を……
ニュート　あ、僕《ぼく》の本、読んでくれた――？
ニュート　僕《ぼく》はまだ君の写真を持ってる。
ティナ　読んだわ。あなたは――写真？

ニュートは胸《むね》ポケットからティナの写真を取り出して広げて見せる。ティナは強く心を打たれる。ニュートは写真を見てティナを見る。

ニュート この写真――新聞の切り抜《ぬ》きだけど、でも面白いことに、新聞での君の瞳《ひとみ》は……ティナ、本当の君の瞳《ひとみ》にもこの光があるんだ……暗い水の中の炎《ほのお》のような。君以外にこういうのを見たのは――

ティナ （葛藤《かっとう》している）こういうのを見たのは――（小声で）火トカゲ《サラマンダー》？

大きな音とともに、記録室の扉《とびら》がパッと開く。二人は跳《と》び離《はな》れる。誰《だれ》かが部屋に入ってきた。二人は塔《とう》の間に身を隠《かく》す。

ティナ こっちへ来て。

入口のリタにカメラを向ける。

リタが切羽詰《せっぱつ》まった感じで中に入ってくる。コーヴァスの死に関する証拠《しょうこ》を隠《かく》す最後のチャンスだ。扉《とびら》がリタの背後《はいご》で閉《し》まる。リタが杖《つえ》を上げる。

リタ　**レストレンジ家《け》！**

塔《とう》が動き始める。

記録室の扉《とびら》から覗《のぞ》いているメルシーンにカメラを向ける。

ニュートとティナにカメラを向ける。

巨大《きょだい》な木々《きぎ》がニュートとティナの周りで位置を変えている。レストレンジ家《け》の「木」が勢《いきお》いよく二人に向かって来て、危《あや》うくつぶされそうになった二人は、塔《とう》の棚《たな》に飛び乗る。

リタにカメラを向ける。

そびえたつ塔《とう》が、リタの前でぐらぐらしながら止まる。リタが目を見張《みは》る。棚《たな》は空《から》っぽだ。箱の置かれていた場所だけは埃《ほこり》がなく、羊皮紙が一枚《まい》置かれている。

リタが羊皮紙を取り上げて声を出して読む。

リタ　**「記録はペール・ラシェーズのレストレンジ家の霊廟《れいびょう》に移《うつ》された。」**

リタは、棚《たな》の証書箱《しょうしょばこ》の間に隠《かく》れているピケットを見つける。

リタ　**サーカムロータ　回れ**

記録の塔《とう》が回り、棚《たな》にしがみついているニュートとティナの姿《すがた》をあらわにする。

リタ　ハロー、ニュート。

ニュート　やあ、リタ。

ティナ　(気まずそうに、でも優《やさ》しく) ハイ。

その時、メルシーンが、うなり声をあげるマタゴたちに囲《かこ》まれて、記録室に入ってくる。

ニュート　まずいな。

リタ　(怯《おび》えて) あの猫《ねこ》たちは何？

ニュート　猫《ねこ》じゃない。マタゴだ。魔女《まじょ》の使いで、魔法省《まほうしょう》の警備《けいび》をしている――でも、危害《きがい》は加えない、ただし――

怯《おび》えてうろたえたリタが、マタゴに呪文《じゅもん》を放つ。

リタ　ステューピファイ！　麻痺《まひ》せよ！

呪文《じゅもん》が効《き》かないばかりか、マタゴが何倍にも増《ふ》え、攻撃《こうげき》的になる。

ニュート　**攻撃《こうげき》さえしなければだけど！**

マタゴの群れに呪文《じゅもん》が命中するたびに、マタゴの数が増《ふ》えて姿《すがた》が変わる。今や危険《きけん》な状況《じょうきょう》だ。

リタ　まずいわ。

ニュート　リタ！

リタは手すりをよじ登って、ニュートとティナの棚《たな》ところに来る。

リタ　レベルテ！　元に戻《もど》れ！

牙《きば》と爪《つめ》を剝《む》いたマタゴの群れが、漆黒《しっこく》の波のように恐《おそ》ろしい攻撃《こうげき》をかけてくる。

高い塔《とう》が急速に動き出す。

「森」のような記録室の「木」がくるくる回りながら動く。マタゴの群れの攻撃《こうげき》に追われ、ニュート、ティナ、リタはその中を走り抜《ぬ》ける。

マタゴが追跡《ついせき》の相手を見失ったかに見えたその時、記録室の塔《とう》が一斉《いっせい》に床《ゆか》に沈《しず》み込《こ》み、部屋は空《から》っぽになる。獲物《えもの》がいるはずの場所にマタゴが忍《しの》び寄《よ》るが、そこにあったのは……

ニュートのカバン。

上からカバンにカメラを向ける。

――間

爆音《ばくおん》とともに、カバンからズーウーが飛び出す。ニュートがその背中《せなか》にしがみついている。ズーウーは吠《ほ》えながら後脚《あとあし》立ちになり、たてがみをきらめかせて、次々《つぎつぎ》と押《お》し寄《よ》せるマタゴをたたきつける。

ニュート　アクシオ！

ニュートのカバンが手元に飛んでくる。

ズーウーとニュートが、激《はげ》しく襲《おそ》いかかるマタゴの大群の中に一瞬《いっしゅん》飲み込《こ》まれるが、反撃《はんげき》し、ズーウーが赤い尾《お》を振《ふ》り回し、無敵《むてき》の力でマタゴの群れを押《お》しかえす。

ニュートが天井に杖《つえ》を向ける。

ニュート　アセンディオ！　昇《のぼ》れ！

塔《とう》が再《ふたた》び床《ゆか》から伸び上がり、ニュートとズーウーを高々《たかだか》と持ち上げる。重さを支《ささ》えきれずに塔《とう》が傾《かたむ》いて倒《たお》れるが、ズーウーは、マタゴの群れと戦い続けながらバルコニーによじ登る。

シーン97　**屋内　フランス魔《ま》法《ほう》省《しょう》　受付階――**
直後――夜

マタゴの群れは、記録室から疾走《しっそう》していくズーウーを追うが、追跡《ついせき》のあとには敗れて傷《きず》ついたマタゴが残る。魔法省《まほうしょう》に破壊《はかい》の道を刻《きざ》んで、ズーウーが進む。最後にタイプ室の上をひと飛びして……

……強大な魔法《まほう》の力で上昇《じょうしょう》し、ズーウーはガラス天井を突《つ》き破《やぶ》って出ていく。

シーン98 屋外　ペール・ラシェーズ墓地《ぼち》——夜

ニュートとズーウーが墓地《ぼち》に着地する。巨大《きょだい》なひと飛びで、ズーウーは安全な場所にニュートを運んだ。

追跡《ついせき》してきた数匹《ひき》のマタゴがうなるが、やがて小さく縮《ちぢ》む。マグルの環境《かんきょう》では飼《か》い猫《ねこ》の大きさになり、「ニャア」と哀《あわ》れな鳴き声をあげる。

ニュートがカバンを開け、ズーウーは甘《あま》えるようにニュートを軽く押《お》す。

ニュート　よし、よし、いい子だ。もういいよ。待って。わかったよ、よーしよし。

カバンをよじ登って出てきたリタとティナが、ズーウーをあやすニュートを見ている。

ティナがカバンの中から持ってきた猫《ねこ》用の鳥のおもちゃを振《ふ》る。ズーウーの目が輝《かがや》く。

リタは、ニュートにもティナにも気づかれずに、暗闇《くらやみ》に走り去る。

シーン99　屋内　レストレンジ家の霊廟《れいびょう》——直後——夜

リタが、レストレンジ家の先祖《せんぞ》の像《ぞう》が眠《ねむ》った姿《すがた》で並《なら》ぶ、装飾《そうしょく》的な場所に入っていく。ジェイコブが、ナギニと並《なら》んで、壁《かべ》を背《せ》に立っている。ナギニは、クリーデンスに杖《つえ》で狙《ねら》いをつけようとしているカーマの前に立ちふさがっている。

カーマ　（ナギニに）下がれ！　どけ！　邪魔《じゃま》するな！　さもないとコーヴァスもろとも殺《ころ》すぞ。

リタがカーマに向かって杖《つえ》を上げる。カーマがくるりと振《ふ》り返り、杖《つえ》を向けているリタを見る——互角《ごかく》だ。

リタ　止《や》めて！

リタは苦しげに、しかし決然として進む。ついになすべきことをなす時が来た。カーマは茫然《ぼうぜん》と立っている。リタはまるで母親の生まれ変わりだ。カーマがリタに近づき、暗がりでリタの顔をよく見る。リタの姿《すがた》を見て感動し、金縛《かなしば》りにあったように動けない。

リタ　ユスフ？

カーマ　本当に君か？　僕《ぼく》の妹……？

ニュートとティナが入ってきて、顔を見合わせる……これはパズルの一コマだ。

クリーデンス　（リタに）こいつがあなたの兄さん？　僕《ぼく》は誰《だれ》なんだ？

リタ　知らないわ。

クリーデンスはリタを押《お》しのけ、身を護《まも》ることもせずにカーマに向き合う。

クリーデンス　名前も生い立ちもわからずに生きるのはうんざりだ。僕《ぼく》のことを話してくれ――そのあとで殺《ころ》せばいい。

カーマ　お前の過去《かこ》は私《わたし》たちの過去《かこ》だ……（リタを指しながら）私《わたし》たちの。

リタ　止《や》めて、ユスフ――

カーマ　（意を決して）私《わたし》の父はムスタファ・カーマだ。セネガルの純《じゅん》血《けつ》の一族で、とても教養ある人だった。

シーン100　屋外　公園――1896年――日中

美しい女性《じょせい》ロレナが、豪華《ごうか》なローブを着て、明らかに妻《つま》を愛している様子の夫のムスタファと一緒《いっしょ》に公園を歩いていく。子供《こども》のユスフを連れている。

カーマ

（声のみ v. o.）母のロレナも高貴《こうき》な家柄《いえがら》で——評判《ひょうばん》の美人だった。二人は深く愛し合っていた。二人の知人に、有名なフランスの純血《じゅんけつ》の家系《かけい》で、大きな影響力《えいきょうりょく》を持つ男がいた。その男が母に欲望《よくぼう》を抱《いだ》いた。

激《はげ》しい顔つきの純血《じゅんけつ》の魔法使《まほうつか》い、コーヴァス・レストレンジ・シニアが、遠くからロレナの美しさをじっくりと観察している。

シーン101　**屋内　カーマの館——1896年——夜**

ロレナのローブは夜用に変わっている。ゆっくりと階下に降《お》りていく。超自然《ちょう》的な風が吹《ふ》いている。

カーマ

（声のみv.o.）レストレンジは服従《ふくじゅう》の呪文《じゅもん》を使って母を誘惑《ゆうわく》し、連れ去った……

12歳《さい》のカーマが母親を追って走り、手を引っ張《ば》って階段《かいだん》の上に連れ戻《もど》そうとする。ロレナはカーマを振《ふ》り払《はら》う。玄関《げんかん》の扉《とびら》がパッと開いて、レストレンジ・シニアが庭の小道のむこう端《はし》に立っている。ロレナが彼《かれ》の方に歩いていく。カーマが後を追う。レストレンジ・シニアが杖《つえ》をカーマに向け、カーマは吹《ふ》き飛ばされて仰向《あおむ》けに倒《たお》れる。

ロレナがベッドに横たわっている。アーマが、生まれたばかりの赤ん坊《ぼう》を毛布《もうふ》に包んで、レストレンジ・シニアのところに連れていく。

シーン102　屋内　レストレンジ家の霊廟《れいびょう》——夜

カーマ　……それが母を見た最後になった。母は女の子を産んで間もなく、亡《な》くなった。
（リタに）その子が君だ。

カーマ　罪《つみ》の意識《いしき》を掘《ほ》り返され、リタの目に涙《なみだ》が溢《あふ》れる。
母の死を知って、父はわれを失った……死に際《ぎわ》に、父は私《わたし》に復《ふく》讐《しゅう》せよと命じた。
（決然として）レストレンジが誰《だれ》よりも愛している者を殺《ころ》せと……私《わたし》は最初、たやすいことだろうと思った……奴《やつ》に近い親族は一人しかいなかった……リタ、君だ。しかし——

リタ　言って……

カーマ　……奴《やつ》は君を愛さなかった。

シーン103　屋内　レストレンジの館　寝《しん》室《しつ》――
1901年――日中

昔の話に戻《もど》る。レストレンジ・シニアには新しいブロンドの妻《つま》がいる。

カーマ　(声のみ v. o.) 奴《やつ》は母の死から三月《みつき》も経《た》たないうちに再婚《さいこん》した。奴《やつ》は君を愛さなかったように、後妻《ごさい》をも愛していなかった……ところが……

アーマが生まれたばかりの男の子を抱《だ》いてレストレンジ・シニアに渡《わた》す。レストレンジ・シニアは大喜《おおよろこ》びしている。

カーマ　（声のみ v.o.）……とうとう息子のコーヴァスが生まれた。愛というものを知らなかったあの男が、愛に満たされた……

シーン104　屋内　レストレンジ家の霊廟《れいびょう》——夜

クリーデンスは恍惚《こうこつ》としている——それが自分なのか？　もっと知りたくてたまらない。

カーマ　奴《やつ》は赤ん坊《ぼう》のコーヴァスだけを愛した。

——間

クリーデンス　それで……それが真実なのか？　僕《ぼく》がコーヴァス・レストレンジ？

カーマ　そうだ。　**リタ**　違《ちが》うわ。

クリーデンスが二人を交互《こうご》に見る。

カーマが振《ふ》り返ってリタを見る。リタの目はうつろだ。この記憶《きおく》が何年も悪夢《あくむ》になって彼女《かのじょ》を苦しめてきた。

カーマ　（リタに）ムスタファ・カーマの息子が復讐《ふくしゅう》を誓《ちか》ったことを知り、君の父親は、コーヴァスを私《わたし》に見つからないところに隠《かく》そうとした。そして小間使いに託《たく》し、アメリカ行きの船に乗せた。

リタ　確《たし》かにコーヴァスはアメリカに送られたわ、でも――

カーマ　小間使いのアーマ・ドゥガードは半妖精《ようせい》だ。魔力《まりょく》が弱いので、私《わたし》がたどれるような痕跡《こんせき》を残さなかった。しかし思いもかけない知らせを受け取ったことで、お前がどうやって逃《に》げたかが初めてわかった……船が沈没《ちんぼつ》した……だがお前は生き延《の》びた。そうだな？

（クリーデンスに）誰《だれ》かがお前を海から引き上げた！

「無残に捨《す》てられし息子

悲嘆《ひたん》する娘《むすめ》

戻《もど》れ、偉大《いだい》な復讐者《ふくしゅうしゃ》よ

海から、翼《つばさ》をつけて」

そこにいるのが——

（リタを指さして）——悲嘆《ひたん》する娘《むすめ》だ。

そして（クリーデンスに）お前が、海から戻《もど》った、翼《つばさ》をもつ大ガラスだ。

私《わたし》は——私《わたし》は破滅《はめつ》した家族の復讐者《ふくしゅうしゃ》だ。

カーマが杖《つえ》を上げる。

カーマ　気の毒《どく》だが、コーヴァス、お前には死んでもらう。

リタ　コーヴァス・レストレンジはもう死んでいるわ。私《わたし》が殺《ころ》した。

リタが杖《つえ》を上げる。

リタ　アクシオ！

霊廟《れいびょう》の隅《すみ》に隠《かく》されていた重い箱が埃《ほこり》を上げてリタのもとに飛んでくる。カチカチと音を立てて、いくつもの歯車が回り……パズルのように、箱が開く。

リタ　父はとても変わった家系図《かけいず》を持っていた。男性《だんせい》だけを記録するものを……

家系図《かけいず》に描《えが》かれた、蘭《らん》の花のようなものが巻《ま》き付いた木が見《み》える。

リタ　……一族の女性《じょせい》たちは花として記録される。美しく。添《そ》え物として。

シーン105

屋内　レストレンジの館
育児室――1901年――夜

アーマがベビーベッドから赤《あか》ん坊《ぼう》を抱《だ》き上げて出ていく。レストレンジ・シニアがみじめな顔でそれを見ている。

リタ　（声のみ v. o.）父は、コーヴァスと一緒《いっしょ》に私《わたし》もアメリカに送った。

シーン106 屋内 船の船室 1901年——夜

アーマが眠《ねむ》っている。子供《こども》のリタが下段《げだん》のベッドで目を覚ます。赤《あか》ん坊《ぼう》のコーヴァスがベビーベッドで泣きわめいている。

リタ
(声のみ v. o.) アーマは二人の孫を持つ祖母《そぼ》になりすますはずだった……

急に明かりが付いたり消えたりする——子供《こども》のリタは動かない。泣き叫《さけ》ぶ赤《あか》ん坊《ぼう》のコーヴァスをまだ見ている。

リタ
(声のみ v. o.) コーヴァスは泣いてばかりいた。

後ろの方が騒々《そうぞう》しくなり、ドアの外の廊下《ろうか》を何人もの人が走る気配。子供《こども》のリタが赤《あか》ん坊《ぼう》のコーヴァスに近づく。赤《あか》ん坊《ぼう》は泣き続ける。アーマが目を覚まし、廊《ろう》下《か》の騒《さわ》ぎや物音が何なのかを調べに出ていく。

リタ　（声のみ v. o.）決して傷《きず》つけるつもりはなかった。

子供《こども》のリタの目が赤《あか》ん坊《ぼう》にくぎ付けになっている。

リタ　（声のみ v. o.）ただ、弟から解放《かいほう》されたかった。ほんのひと時だけ……

シーン107　屋内　船の廊《ろう》下《か》──1901年──夜

反対側の船室のドアが半開きになっている。赤《あか》ん坊《ぼう》のクリーデンスが中でぐっすり眠《ねむ》っている。子供《こども》のリタが部屋に忍《しの》び込《こ》む。赤《あか》ん坊《ぼう》を取り換《か》える。

リタ　(声のみ v.o.) ほんのひと時だけ。

シーン108　屋内　船室――1901年――夜

子供《こども》のリタが赤《あか》ん坊《ぼう》のクリーデンスを連れて入ってくる。

騒《さわ》ぐ女性　ほら、急いで！　ボートに乗り込《こ》めって。

アーマ　赤ちゃんをよこして！

船員たち　こっちだ、ついてきて！

全員救命ボートへ！　急いで。

皆《みな》さん！　急いでボートに乗って！

男性の皆《みな》さん、手を貸《か》してあげてください。

船がまたぐらりと揺《ゆ》れる。アーマが赤《あか》ん坊《ぼう》のクリーデンスをひったくるが、どさくさの中、取り換《か》えに気づかない。船室のドアがバタンと開いて、部屋着の上に救命胴衣《きゅうめいどうい》をつけた黒髪《くろかみ》の若《わか》い女性《じょせい》が現《あらわ》れる。

クリーデンスの叔母《おば》　アーマ？　救命胴衣《きゅうめいどうい》をつけろと言ってるわ！

彼女《かのじょ》は足を滑《すべ》らせてそのまま自分の船室に入っていき、赤《あか》ん坊《ぼう》のコーヴァスを抱《だ》き上げる。彼女《かのじょ》もまた、赤《あか》ん坊《ぼう》が取り換《か》えられていることに気づかない。

シーン109　屋外　救命《きゅうめい》ボート――1901年――夜

子供《こども》のリタ、アーマ、赤《あか》ん坊《ぼう》のクリーデンスが同じボートに乗っている。クリーデンスの叔母《おば》と赤《あか》ん坊《ぼう》のコーヴァスは別なボートだ。

ボートの男性　**みんな落ち着け！　どうか落ち着いて！**
みんなで一緒《いっしょ》に乗り越《こ》えるんだ！

大波が近づく。子供《こども》のリタの目の前で、クリーデンスの叔母《おば》と赤《あか》ん坊《ぼう》のコーヴァスを乗せたボートが転覆《てんぷく》する。

カメラは海面にズームする。少数の生存者《せいぞんしゃ》が浮上《ふじょう》する。クリーデンスの叔母《おば》もいるが、赤《あか》ん坊《ぼう》のコーヴァスはいない……クリーデンスの叔母《おば》は救命胴衣《きゅうめいどうい》を脱《ぬ》ぎ捨《す》て、海に潜《もぐ》ろうとする……

叔母《おば》は二度と浮《う》きあがってこない。カメラは海面から潜《もぐ》っていき、おぼれる女性《じょせい》を通り過《す》ぎ、おぼれる赤《あか》ん坊《ぼう》の黒い姿《すがた》を見せる。沈《しず》んでいく赤《あか》ん坊《ぼう》の跡《あと》に、魔法《まほう》の光の泡《あわ》が立ち……そしてその小さな姿《すがた》は……

シーン110　屋内　レストレンジ家の霊廟《れいびょう》──夜

そしてその小さな姿《すがた》は……海の緑の光の中を、おぼれて落ちていく赤《あか》ん坊《ぼう》の姿《すがた》になって、霊廟《れいびょう》の空中に浮《う》かぶ。リタがその姿《すがた》を創《つく》り出している。リタをずっと苦しめてきたその姿《すがた》を、今、リタはみんなに見せている。

リタを示《しめ》す蘭《らん》の花が、レストレンジ家の家系図《かけいず》にコーヴァス・レストレンジと記された枝《えだ》に絡《から》み、その葉が萎《しお》れて枯《か》れてしまうまで絡《から》みつく。

ニュート　リタ、君にはそのつもりがなかった。君のせいじゃない。
リタ　ああ、ニュート、あなたは、愛せない怪物《かいぶつ》に出会ったことがないのね。

二人は長い間見つめあう。そのまなざしには、様々《さまざま》な過去《かこ》の思い出が去就《きょしゅう》している。

ティナ　リタ、クリーデンスの素性《すじょう》を知っているの？　赤《あか》ん坊《ぼう》を取り換《か》えた時、知っていたの？
リタ　いいえ。

クリーデンスが反応《はんのう》する。

霊廟《れいびょう》の壁《かべ》の一部が突然《とつぜん》開く。全員が地下へと続く階段《かいだん》を見つめる。下から、集まっている大群衆《だいぐんしゅう》の騒音《そうおん》が聞こえる。

ジェイコブ　クイニー？

止める間もなく、ジェイコブは階段《かいだん》を駆《か》け下りていく。ニュートとティナが大急ぎで追う。リタはカーマを見て、それからニュートの後を追う。

カーマも急いでリタに続く。

シーンIII　屋内　地下の円形劇場《げきじょう》――夜

狭《せま》い階段《かいだん》を下りたジェイコブは、地下の円形劇場《げきじょう》で、恐《おそ》ろしい光景を目にする。

何千人という魔《ま》女《じょ》や魔《ま》法《ほう》使《つか》いが動き回り、何人かはもう石のベンチに腰《こし》かけている。ピリピリした空気。不安そうな顔、興《きょう》味《み》津《しん》津《しん》の顔。興《こう》奮《ふん》している人、殺《さっ》気《き》立《だ》っている人。仮《か》面《めん》を付けたアコライトたちが、群《ぐん》衆《しゅう》を取り仕切っている。

円形劇《げき》場《じょう》に入ってくるクリーデンスとナギニにカメラを向ける。

眼《がん》前《ぜん》の光景に威《い》圧《あつ》され、怯《おび》えながら、二人は人波に飲まれて、劇《げき》場《じょう》の奥《おく》へと流されていく。

ナギニがクリーデンスを引き戻《もど》そうとする。

ナギニ　**この人たちは純《じゅん》血《けつ》の魔《ま》法《ほう》使《つか》いだわ。私《わたし》たちのようなものは慰《なぐさ》みに殺《ころ》される！**

クリーデンスは歩き続ける。ナギニは一《いっ》瞬《しゅん》ためらうが、ついていく。

あたりを見回したジェイコブは、見慣《みな》れたブロンドの髪《かみ》を見つける——クイニーだ。アコライトたちに囲まれている。

ジェイコブ　（小声で）クイニー。

ジェイコブは人波を押《お》し分けて進む。

クイニーに駆《か》け寄《よ》るジェイコブにカメラを向ける。

クイニーが振《ふ》り向く。歓喜《かんき》して——

クイニー　ジェイコブ、ハニー、来てたのね！

クイニーが両腕《りょううで》をジェイコブの首に巻《ま》き付ける。

クイニー　（ジェイコブの心を読んで）ああ、ハニー、ごめんなさい。あんなことすべきじゃなかったわ。とっても愛してる――

ジェイコブ　俺《おれ》も愛してる、ってわかってるよな？

クイニー　ええ。

ジェイコブ　よかった。さあ、こんなところ、とっとと出よう。

ジェイコブはクイニーを引っ張《ぱ》って、今来た道を戻《もど》ろうとするが、クイニーがグイと引き戻《もど》す。

クイニー　（真剣《しんけん》に）待って、ね、ちょっと待って。彼《かれ》の言うことを、まず聞いてみたらと思って。ね、聞くだけだから。

ジェイコブ　何を言ってるんだ？

訳《わけ》が分からないジェイコブを、クイニーは、自分の隣《となり》の席に引っ張《ぱ》り込《こ》み、しっかり腕《うで》をつかむ。ジェイコブは周りの純血《じゅんけつ》たちを不安そうに見回す。

ニュートとティナにカメラを向ける。

二人はすでに群衆《ぐんしゅう》の中にいる。ティナは二人が追跡《ついせき》してきたクリーデンスたちを探《さが》しているが、ニュートは、もっと大きな構図《こうず》を読み取り始めて、動揺《どうよう》している。

ティナ　罠《わな》だわ。

ニュート　そうだ。クイニーも――家系図《かけいず》も――全部、餌《えさ》だった。

ニュートがあたりを見回す。アコライトたちが、出入口を全部閉鎖《へいさ》し始めている。

ティナ　出口を見つけないと。今すぐ。

ニュート　君はほかの人たちを探《さが》してくれ。
ティナ　あなたはどうするつもり？
ニュート　何とか考える。

ニュートは動き出す。ティナはニュートよりもさらにゆっくりと群衆《ぐんしゅう》の中に入っていき、ジェイコブとクリーデンスを探《さが》す。

ニュートの動きを見張《みは》っている、一人のアコライトにカメラを向ける。

明かりが落とされ、群衆《ぐんしゅう》が歓声《かんせい》を上げ始める。

シーン112 屋内　地下の円形劇場《げきじょう》——夜

聴衆《ちょうしゅう》の大歓声《だいかんせい》に迎《むか》えられて舞台《ぶたい》に現《あらわ》れたグリンデルバルドにカメラを向ける。グリンデルバルドは、大衆煽動者《たいしゅうせんどうしゃ》とロックスターが交じり合った姿《すがた》。群衆《ぐんしゅう》の異《い》常《じょう》な興奮《こうふん》がますます高まる。

群衆《ぐんしゅう》の中を、捜索《そうさく》を続けながらじりじりと進むティナにカメラを向ける。

クイニーを見つける。そこから少し離《はな》れたところに、クリーデンスを見つける。どちらを先にするか？　クリーデンスに決める。しかし、動き出すと、一人のアコライトに阻《はば》まれる。二人は目を合わせる。多勢《たぜい》に無勢《ぶぜい》だ。アコライトににらまれながら、ティナはベンチに座《すわ》り込《こ》む。

カメラは群衆《ぐんしゅう》にパンする。クイニーはうっとりし、ジェイコブは怯《おび》えて身を低くしている……カーマは怪《あや》しみ……クリーデンスは茫然《ぼうぜん》とし、ナギニは誰《だれ》をも信じていない……リタはグリンデルバルドを観察している。何をする気なのか……

聴衆《ちょうしゅう》に静まるようにと合図するグリンデルバルドにカメラを向ける。

グリンデルバルド　わが兄弟よ、姉妹よ、わが友よ、盛大《せいだい》な拍手《はくしゅ》は、私《わたし》に贈《おく》られるべきではない。

（異議《いぎ》の声にすぐさま応《こた》えて）ちがう。君たち自身へのものだ。

群衆《ぐんしゅう》の中にいるリタにカメラ。拍手《はくしゅ》はしていないが、グリンデルバルドのカリスマ的な引力を感じ取っている。

グリンデルバルド　君たちが今日ここに来たのは、古いやり方がもう役に立たないと知り、渇望《かつぼう》を抱《いだ》いているからだ……君たちが今日ここに来たのは、新しいもの、何かちがうものを渇望《かつぼう》するからだ。

聞き入っているクリーデンスにカメラを向ける。

グリンデルバルド　私《わたし》はレ・ノン・マジークを憎《にく》み、マグル、ノー・マジ、呪文《じゅもん》不能者《ふのうしゃ》を憎《にく》んでいる、と言われている。

聴衆《ちょうしゅう》の大多数は、その通りだとヤジり、ののしる。ジェイコブがますます頭を低くする。クイニーが一瞬《いっしゅん》心配になり、ジェイコブの手を取る。だめよ、待って、聞いて――。

グリンデルバルド　私《わたし》は彼《かれ》らを憎《にく》んでいない。ちがう。

聴衆《ちょうしゅう》がシンとなる。

グリンデルバルド　私《わたし》は憎《にく》しみから戦うのではない。マグルが劣《おと》っているのではない。ただ異《こと》なるのだ。価値《かち》のない者ではなく、価値《かち》が異《こと》なるのだ。切り捨《す》てるべき者たちではなく、別な切り方をされた者たちなのだ。

(間)

魔法《まほう》は稀有《けう》な魂《たましい》にのみ花咲《さ》く。より高きもののために生きる者に与《あた》えられるのだ。ああ、我《われ》らが、全人類のために、どんなにすばらしい世界を実現《じつげん》できることか。我《われ》らは自由のために、真実のために生きる――

グリンデルバルドの目が、前列のクイニーの目をとらえる。

グリンデルバルド ――そして愛のために。

カメラがクイニーにパンする。今や全身全霊《ぜんれい》、彼《かれ》の虜《とりこ》……

シーン113 屋外 ペール・ラシェーズ墓地《ぼち》——夜

五十人の闇祓《やみばら》いの影のような黒い姿《すがた》が、霊廟《れいびょう》の中に入ってくる。カメラは闇祓《やみばら》いたちに向け、テセウスの姿《すがた》をとらえる。

テセウス **演説《えんぜつ》を聞くのは不法ではない！ 力の行使は極力避《さ》けろ。悪役になれば奴《やつ》の思うつぼだ！**

しかし、他の闇祓《やみばら》いたちの顔には、不安が、そして恐《おそ》れさえも見える。何人かはあからさまに、戦い、仕返しをしたいという顔だ。

シーン114　屋内　地下の円形劇場《げきじょう》——夜

カメラを舞台《ぶたい》のグリンデルバルドに戻《もど》す。

グリンデルバルド　我々《われわれ》が立ち上がり、正当なる場所を得《え》なければ、どんな未来が待ち受けているのか。今こそ、私《わたし》の予知する未来の姿《すがた》を諸君《しょくん》に見せる時だ。

ロジエールが舞台《ぶたい》に進み出る。一礼して、どくろの水ギセルをグリンデルバルドに渡《わた》す。

聴衆《ちょうしゅう》は水を打ったように静かになる。グリンデルバルドは、どくろの金色の光で照らされている。グリンデルバルドが水ギセルを深く吸《す》い込《こ》む。白目をむき、息を吐《は》く……

……驚《おどろ》くべき光景。彼《かれ》の唇《くちびる》から、巨大《きょだい》な多彩色《たさいしょく》の煙《けむり》が高い石の天井いっぱいに広がり、映像《えいぞう》が流れ出る――群衆《ぐんしゅう》が息を飲む――

ブーツを履《は》いた何千人もの足が行進していく……爆発《ばくはつ》、銃《じゅう》を持って走る男たち……

カメラは聴衆《ちょうしゅう》の顔にズームする。茫然《ぼうぜん》とした怖《おそ》れの表情《ひょうじょう》。幻影《げんえい》の光がその顔に映《うつ》り込《こ》んでいる。

カメラがニュートにズームする。衝撃《しょうげき》を受けている。

核爆弾《かくばくだん》がさく裂《れつ》する画像《がぞう》が円形劇場《げきじょう》を揺《ゆ》るがす。恐《おそ》ろしい光景だ。聴衆《ちょうしゅう》はそれを感じ、恐怖《きょうふ》に陥《おちい》っている。叫《さけ》び声。幻影《げんえい》が消えていき、怯《おび》えたざわめきが残る。

恐怖《きょうふ》の表情《ひょうじょう》のジェイコブにカメラがズームする。

ジェイコブ　もう戦争はごめんだ……

幻影《げんえい》が消えて、聴衆《ちょうしゅう》の目はグリンデルバルドに戻《もど》る。

グリンデルバルド　我々《われわれ》の戦う相手はこれだ！　これが敵《てき》なのだ。やつらの傲慢《ごうまん》さ、権力欲《けんりょくよく》、野蛮《やばん》さ。やつらの武器《ぶき》がいつなんどき我々《われわれ》に向けられるか？

カメラが出入口にパン。群衆《ぐんしゅう》に気づかれずに劇場《げきじょう》に入ってきた闇祓《やみばら》いたちが、聴衆《ちょうしゅう》の中に広がっていくのが見える。

カメラはテセウスにズームする。気づかわしげだ。一触即発《いっしょくそくはつ》の状況《じょうきょう》。とんでもない事態《じたい》になりかねない。

聴衆《ちょうしゅう》は静まり始めるが、興奮《こうふん》し、なにか新たな驚《おどろ》くべき啓示《けいじ》を待っている。

グリンデルバルド 今から私《わたし》が言うことを聞いても、何もしないでくれ。冷静に、感情《かんじょう》を抑《おさ》えてくれ。

(間)

闇祓《やみばら》いが我々《われわれ》の中に紛《まぎ》れ込《こ》んでいる。

息を飲む音。振《ふ》り向く人々《ひとびと》。闇祓《やみばら》いがパニック状態《じょうたい》になってあたりを見回す様子にカメラを向ける。数では全くかなわない。群衆《ぐんしゅう》は敵意《てきい》を抱《いだ》いている。

グリンデルバルド (入ってきたばかりの闇祓《やみばら》いたちに)兄弟たちよ、近くに寄《よ》りたまえ! 仲間に加わるのだ。

ヤジやあざけりが高まり、闇祓《やみばら》いたちは、前に出て存在《そんざい》を明らかにするしかない。

振《ふ》り向くリタにカメラを向ける。

リタがテセウスを見つける。二人は思いのこもった目で長い間見つめあう。

テセウス　（ほかの闇祓《やみばら》いたちに）何もするな。攻撃《こうげき》するな。

しかし、一番神経質《しんけいしつ》な若《わか》い闇祓《やみばら》いの一人が、若《わか》い赤毛の魔女《まじょ》と目を合わせる。魔女《まじょ》は怒《おこ》って、若《わか》い闇祓《やみばら》いと同じくらいピリピリしながら、杖《つえ》を指でもてあそんでいる。

グリンデルバルド　確《たし》かに、私《わたし》の信奉者《しんぽうしゃ》がずいぶん彼《かれ》らに殺《ころ》された。ニューヨークでは私《わたし》を捕《と》らえて拷問《ごうもん》した。仲間の魔法使《まほうつか》いや魔女《まじょ》を、彼《かれ》らは取り締《し》まってきた。真実を求め、自由を欲《ほっ》するという単《たん》純《じゅん》な罪《つみ》のために……

グリンデルバルドは、意図的に、落ち着かない赤毛の魔女《まじょ》の感情《かんじょう》を煽《あお》り立てている。若《わか》い闇祓《やみばら》いが杖《つえ》を数センチ上げる。魔女《まじょ》が攻撃《こうげき》したがっていることを感じ取る――

グリンデルバルド　君たちの怒《いか》り――君たちの復讐《ふくしゅう》の願い――それは当然だ。

そして、ことは起こった。魔女《まじょ》が杖《つえ》を上げるが、若《わか》い闇祓《やみばら》いの呪《のろ》いが早かった。魔女《まじょ》は息絶《た》えて倒《たお》れる。魔女《まじょ》の仲間たちが戦慄《せんりつ》する。

グリンデルバルド　なんてことを！

悲鳴が劇場《げきじょう》を埋《う》める。グリンデルバルドが群衆《ぐんしゅう》の中に立ち、階段《かいだん》を上っていく。人々《ひとびと》が道を開ける。グリンデルバルドが跪《ひざまず》き、ぐったりした魔女《まじょ》に寄《よ》り添《そ》う。

グリンデルバルド　（魔女《まじょ》の友人たちに）この若《わか》き戦士《せんし》を家族の元へ。

ニフラーが、だれにも気づかれずに、グリンデルバルドのブーツから身をよじって出てきて、群衆《ぐんしゅう》の中に消える。

グリンデルバルド　「姿《すがた》くらまし」だ。去るがいい。ここから離《はな》れ、証言《しょうげん》を広めるのだ。暴力《ぼうりょく》的なのは我《われ》らではないと。

友人たちは亡骸《なきがら》を抱《かか》えて「姿《すがた》くらまし」する。ほかの大勢《おおぜい》もそれにならう。テセウスと闇祓《やみばら》いたちは純血《じゅんけつ》の魔法使《まほうつか》いたちが消えるのを見守っている。テセウスが、配下の闇祓《やみばら》いたちに「進め」と指揮《しき》する。

テセウス　（グリンデルバルドを見ながら）奴《やつ》を捕《と》らえろ。

闇祓《やみばら》いたちが円形劇場《げきじょう》の階段《かいだん》を下り始める。グリンデルバルドは進んでくる闇《やみ》祓《ばら》いに背《せ》を向け、戦いの予感を楽しんでいる。

グリンデルバルド　プロテゴ　ディアボリカ　悪魔《あくま》の護《まも》り

グリンデルバルドは回転し、自分の周りに黒い炎《ほのお》の円陣《えんじん》を描《えが》く。出口が閉《と》じる。

アバナシー、カロー、クラフト、マクダフ、ナーゲル、ロジエールが、炎《ほのお》の中を歩いて円陣《えんじん》に入る。

躊躇《ちゅうちょ》しているクロールにカメラ。

円陣《えんじん》の方がましだという結論《けつろん》を出したクロールが、勇気を奮《ふる》って炎《ほのお》に向かって走る——そして焼かれてしまう。

グリンデルバルド 闇祓《やみばら》いたちよ、この輪に入れ。私《わたし》に永遠《えいえん》の忠誠《ちゅうせい》を誓《ちか》うか、さもなくば死か。ここだけが自由を知る場所、ここだけが本当の自分を知る場所なのだ。

グリンデルバルドは、空中に炎《ほのお》の壁《かべ》を送り、逃《に》げる闇祓《やみばら》いたちを追う。

グリンデルバルド ルールに従《したが》ってゲームしろ。坊《ぼう》やたち、ズルはなしだ。

ナギニはクリーデンスをつかんで引っ張《ぱ》り、一緒《いっしょ》にその場を去ろうとするが、クリーデンスはグリンデルバルドをじっと見つめている。

クリーデンス あいつは僕《ぼく》が誰《だれ》なのかを知っている。

ナギニ あいつが知っているのは、あなたが何者として生まれたかだわ。誰《だれ》なのかじゃない……

グリンデルバルドが炎《ほのお》の向こうからクリーデンスに笑いかける。

ニュート　クリーデンス！

ニュートは炎《ほのお》と戦おうとするが、ますます狂暴《きょうぼう》になった炎《ほのお》は、鞭《むち》のようにくねくねと襲《おそ》ってくる。

クリーデンスは意を決してナギニを振《ふ》り払《はら》い、炎《ほのお》に向かって歩く。

ナギニは嘆《なげ》き憂《うれ》えるが、勢《いきお》いを増《ま》す炎《ほのお》に追われて、後退《こうたい》せざるを得《え》ない。

クイニーとジェイコブにカメラ。二人は壁《かべ》の別々《べつべつ》の場所に押《お》し付けられている。

ジェイコブ　クイニー、目を覚ませ。

クイニー　（意を決する）ジェイコブ、彼《かれ》が答えだわ。彼《かれ》が願っているの

ジェイコブ　は、私《わたし》たちの欲《ほ》しいものなのよ。
クイニー　だめ、だめ、だめ、だめ、だめ、だめ。
ジェイコブ　そうよ。
ちがう。

黒い炎《ほのお》が急速に二人に近づいてくる。
炎《ほのお》の中を歩くクリーデンスにカメラを向ける。
グリンデルバルドが、帰ってきた放蕩《ほうとう》息子を迎《むか》えるように彼《かれ》を抱《だ》く。

グリンデルバルド　クリーデンス、みんな君のためにやったことだ。

クイニーとジェイコブにカメラを向ける。

クイニー　一緒《いっしょ》に来て。

ジェイコブ　ハニー、だめだ！

クイニー　（叫《さけ》ぶ）一緒《いっしょ》に来て！

ジェイコブ　気は確《たし》かか。

クイニーはジェイコブの心を読み、振《ふ》り返って躊躇《ちゅうちょ》するが、やがて黒い炎《ほのお》に向かって歩く。

ジェイコブ　（必死に、信じられずに）だめだ、クイニー。止《や》めてくれ。

クイニーの悲鳴。ジェイコブは恐怖《きょうふ》に駆《か》られて顔を覆《おお》う。クイニーは炎《ほのお》の輪を通り抜《ぬ》け、グリンデルバルドの側に加わる。

ジェイコブ　クイニー……

ティナ　**クイニー！**

クイニーは「姿《すがた》くらまし」する。

ティナはグリンデルバルドに呪《のろ》いを投げつけて仕返しするが、炎《ほのお》の輪はますます激《はげ》しく鋭《するど》い舌《した》を突《つ》き出し、のたうつ。グリンデルバルドは、ニワトコの杖《つえ》をタクトのように振《ふ》り、オーケストラを指揮《しき》するように炎《ほのお》を操《あやつ》る。割《わ》れた炎《ほのお》の舌先《したさき》が、「姿《すがた》くらまし」したり逃《のが》れようとしたりする闇祓《やみばら》いを攻撃《こうげき》する。

六人の正気を失った闇祓《やみばら》いが、グリンデルバルドの炎《ほのお》に駆《か》け込《こ》む。

円形劇場《げきじょう》の階段《かいだん》に並《なら》んで立っているニュートとテセウスにカメラを向ける。

グリンデルバルド　スキャマンダー君。ダンブルドアは君の死を悼《いた》むだろうか？

グリンデルバルドが二人に向かって大きな黒い火の玉を投げつける。テセウスとニュートは防衛《ぼうえい》する。

リタ　（声のみ o. s.）グリンデルバルド！　止《や》めて！

グリンデルバルドがリタの姿《すがた》を見つける。

テセウス　リタ……

グリンデルバルド　この女を、私《わたし》は知っている。

テセウスは、どうしてもリタのそばに行こうと、ありったけの意思の力で、リタに向かって道を切り開く。持てる力をすべて使って、炎《ほのお》を遠ざけようとする。

必死でリタに近づこうとするテセウスが、炎《ほのお》と戦いながら距離《きょり》を詰《つ》めていくが、グリンデルバルドは炎《ほのお》を通り抜《ぬ》けてリタに近づいてくる。

グリンデルバルド　リタ・レストレンジ……魔法使《まほうつか》いたちに軽蔑《けいべつ》され……愛されず、冷遇《れいぐう》され……なのに勇敢《ゆうかん》だ。かくも勇敢《ゆうかん》だ。

（リタに）さあ、家に帰る時だ。

グリンデルバルドが手を差し伸《の》べる。リタは静かにそれを見る。

グリンデルバルドが目を細めてリタを見る。

リタがテセウスとニュートを見る。二人とも茫然《ぼうぜん》とリタを見ている。

リタ　愛してるわ。

リタはロジエールの手にあるどくろに杖《つえ》を向ける。どくろが破裂《はれつ》する。ロジエールはのけぞって倒《たお》れ、グリンデルバルドは一瞬《いっしゅん》、混沌《こんとん》の渦《うず》に飲まれて姿《すがた》がかすむ。

リタ　（ほかのみんなに）**逃《に》げて！　逃《に》げて！**

炎《ほのお》がリタを飲み込《こ》む。気も狂《くる》わんばかりに、テセウスはリタを追って炎《ほのお》に飛び込《こ》もうとする。

しかし、ニュートがテセウスをつかんで「姿《すがた》くらまし」する。炎《ほのお》はグリンデルバルドの怒《いか》りを映《うつ》して、爆発《ばくはつ》し、二人を追う。

グリンデルバルド　（つぶやく）パリは気にくわん。

シーン115 屋外 ペール・ラシェーズ墓地《ぼち》――直後 ――夜

ニュートとテセウス、ジェイコブを連れたティナ、ナギニを連れたカーマが、円形劇場《げきじょう》から墓地《ぼち》に「姿現《すがたあらわ》し」する。黒い炎《ほのお》は多頭のヒドラのように、すべての霊廟《れいびょう》から噴《ふ》き出して追ってくる。

フラメルがやっと到着《とうちゃく》する。

墓地《ぼち》は崩壊寸前《ほうかいすんぜん》だ。グリンデルバルドの放った火は収拾《しゅうしゅう》がつかない。ドラゴンのような何匹《びき》もの生き物の形になり、何もかも破滅《はめつ》させようとしている。

フラメル 固まれ！ 円陣《えんじん》だ。杖《つえ》を地面に突《つ》き刺《さ》せ。さもないとパリは全滅《ぜんめつ》する！

ニュートとテセウス　フィニート！　終われ！
ティナ　フィニート！
カーマ　フィニート！
フラメル　フィニート！

ジェイコブを除《のぞ》くわれらがヒーローたちは、円陣《えんじん》を張《は》って杖《つえ》を地面に突《つ》き刺《さ》す。

グリンデルバルドの悪魔《あくま》の炎《ほのお》を抑《おさ》え込《こ》むには、超人《ちょうじん》的な力が要《い》る。さらに殺《さっ》傷力《しょうりょく》を増《ま》した炎《ほのお》と戦わねばならない。われらがヒーローたちは、力を合わせて戦う……

そしてついに、浄化《じょうか》の火がグリンデルバルドの炎《ほのお》を押《お》し返す。地下の埋葬地《まいそうち》への入口は閉《と》じられる。

彼《かれ》らはパリを救《すく》った。

フラメルがジェイコブを慰《なぐさ》める。ナギニは暗がりに座《すわ》り、涙《なみだ》にくれている。

ニュートが、リタを失ったテセウスに不器用に近づく。慰《なぐさ》めの言葉を探《さが》して、ニュートが躊躇《ちゅうちょ》する。そして、ニュートは生まれて初めて兄の体に腕《うで》を回し、二人は抱《だ》き合う。

ニュート　僕《ぼく》はどちら側につくかを選んだ。

ニフラーがひょこひょことニュートに近寄《ちかよ》る。ニュートが抱《だ》き上げる……

ニュート　(ニフラーに)おいで、よしよし。いや、大丈夫《だいじょうぶ》だよ。

……そして、ニフラーの前足に、グリンデルバルドの小瓶《こびん》があるのに気づく。

ニュートは驚《おどろ》いてそのペンダントを取り、小瓶《こびん》もニフラーも一緒《いっしょ》にコートに押《お》し込《こ》む。

シーン116　屋外　ホグワーツの陸橋——夜明け

ダンブルドアがホグワーツから陸橋を歩いていく。行く手にはニュート、ジェイコブ、ティナ、テセウス、ナギニ、カーマ、トラバース、そして何人かの闇祓《やみばら》いが立っている。

ニュートがダンブルドアに会いに、一人で歩いていく。トラバースが止めようとする。

テセウス　（トラバースに）ニュート一人で話すほうがよいと思います。

トラバースが何か言いかけるが、じっと見つめるテセウスの目を見て、短く頷《うなず》く。

ニュートがダンブルドアに近づき、二人は陸橋の真ん中で向き合う。

シーン117

屋外　オーストリア　ヌルメンガード城の窓《まど》――夜明け

クリーデンスが空を見つめている。自分のしたことに怖《おそ》れを感じながら、壮大《そうだい》な景色に感じ入っている。カメラはパン・アウトして、高い山の上に立っているヌルメンガード城を見せる。

シーン118　屋内　ヌルメンガード城　客間の次の間――夜明け

グリンデルバルドとクイニーが、半分開いているドアから、大きな客間にいるクリーデンスを観察している。

グリンデルバルド　（小声で）あの子はまだ私《わたし》を恐《おそ》れているのか？

クイニー　（小声で）気をつけたほうがいいわ……自分の選択《せんたく》が正しかったのかどうか、あの子は迷《まよ》っているのよ。優《やさ》しくしてあげて。

グリンデルバルドは一礼して別のドアからクイニーを送り出す。クイニーが微笑《ほほえ》む。

彼女《かのじょ》が行ってしまったことを確《たし》かめてから、グリンデルバルドは客間に入ってクリーデンスに近づく。

グリンデルバルド　愛《いと》し子《ご》よ、君に贈《おく》り物がある。

背後《はいご》からきりっとした杖《つえ》を取り出し、一礼してクリーデンスに与《あた》える。クリーデンスは信じられない面持ち。

シーン119　屋外　ホグワーツの陸橋――日中

ダンブルドアのうつろな目。いつもの沈着《ちんちゃく》さが消え、やっと踏《ふ》みこたえている様子。

ダンブルドア　本当なのか、リタのこと?

ニュートが頷《うなず》く。

ニュート　はい。

ダンブルドア　残念だ。

ニュートは小瓶《こびん》を引っ張《ば》り出す。ダンブルドアは苦痛《くつう》と驚《おどろ》きの入り混《ま》じった顔でそれを見つめる。

ニュート　血の誓《ちか》いですね？　あなたたちは、お互《たが》いに戦わないと誓《ちか》った。

ダンブルドアは、ひどく恥《は》じ入って頷《うなず》く。

ダンブルドア　（強く動かされて）マーリン！　一体どうやってこれを……？

ニフラーがニュートのコートから首を突《つ》き出す。ペンダントを取り上げられて悲しそう。

ニュート　**グリンデルバルドには、自分が単純《たんじゅん》だと考えている動物たちの本質《ほんしつ》が理解《りかい》できないようです。**

ダンブルドアは両手を上げて、戒《いまし》め錠《じょう》を見せる。

テセウスにズームする。

テセウスが杖《つえ》を上げる。

カメラはダンブルドアとニュートに戻《もど》る。

ダンブルドアの手首から戒《いまし》め錠《じょう》が落ちる。

血の誓約《せいやく》の小瓶《こびん》が、二人の間の空中に浮《う》かんでいる。

ニュート　破壊《はかい》することはできますか？

ダンブルドア　たぶん……たぶんな。

強い感情《かんじょう》に圧倒《あっとう》され、涙《なみだ》を浮《う》かべながら、ダンブルドアは快活《かいかつ》に話そうとする。

ダンブルドア　（ニフラーに）お茶を飲むかね？

二人はホグワーツ城に向かって歩く。

ニュート　ミルクなら飲みます。スプーンは全部隠《かく》してください。

ほかの人たちもゆっくり後に続く。

シーン120 屋内 ヌルメンガード城――夜明け

グリンデルバルド 君はもっとも忌《い》まわしい裏切《うらぎ》りにあった。血を分けた者が意図的に君を裏切《うらぎ》ったのだ。自らの骨肉《こつにく》が。君の苦悩《くのう》を喜《よろこ》んだばかりか、君の兄はさらに、君を殺《ころ》そうとしている。

クリーデンスは鋭《するど》く息を吸《す》い込《こ》む。飼《か》っているひな鳥が、グリンデルバルドの手のひらの上を、ためらいながら歩く。グリンデルバルドはそれを空中に投げる。ひな鳥が燃《も》え始める。

グリンデルバルド 君の一族の伝説では、家族の誰《だれ》かが窮地《きゅうち》にあるときには、不死鳥がやってくるという。

やっと場を与《あた》えられて、鳥は翼《つばさ》を広げ、成鳥の大きさになる。鳥が燃《も》え上がる。

不死鳥の再生《さいせい》だ。

グリンデルバルド　愛《いと》し子《ご》よ、それが君の生まれ持っての権利《けんり》だ。そして私《わたし》がいま復活《ふっかつ》させる君の名前も。

（ささやく）アウレリウス。アウレリウス・ダンブルドア。

私《わたし》とともにこの世界を造《つく》り変えるのだ。

クリーデンスが後ろを向く。ついにオブスキュラスの力を制御《せいぎょ》する手段《しゅだん》を得《え》た。クリーデンスが杖《つえ》を窓《まど》に向けると、強大な呪文《じゅもん》の力がガラス窓《まど》を破《やぶ》り、向かい側の山を割《わ》る。

クリーデンスは、粉々《こなごな》になった窓《まど》から自分のなした業《わざ》をじっと見る。彼《かれ》は強大だ。しかもそれはまだ始まりにすぎない。

映画用語集

・カメラを向ける
カメラを特定の被写体に向けること。

・カメラを戻す
カメラが、同じシーン内の別の場所等を映したあと、メインとなる人物や展開に焦点を戻すこと。

・ズームする
カメラが、人物や物を近くから映すこと。

・画面切り替え
オーバーラップなどの効果を使わず、別のシーンへ切り替えること。

・オーバーラップ
シーンを徐々に消していき、次のシーンを徐々に現す手法。

・屋外
屋外撮影

・屋内
・声のみ（O・S《オフ・シーン》）
・パン
・～の主観ショット
・小声で（S・V《ソット・ボーチェ》）
・声のみ（V・O《ボイス・オーバー》）

屋内撮影
スクリーン外のアクションや、映っていない人物の話し声のこと。

カメラの動きのこと。固定されたカメラがゆっくりと回転し、ある対象から次の対象を映していく。

ある特定の人物の視点から映すこと。

　小声やささやき声のこと。

そのシーンには存在していない人物の声で、セリフが語られること。

キャスト、クルー

配給：ワーナー・ブラザース映画
製作：ヘイデイ・フィルムズ
デイビッド・イェーツ

ファンタスティック・ビーストと黒い魔法使いの誕生

監督：デイビッド・イェーツ
脚本：J.K.ローリング
製作：デイビッド・ヘイマンp.g.a.、J.K.ローリングp.g.a.、
スティーブ・クローブスp.g.a.、ライオネル・ウィグラムp.g.a.
製作総指揮：ティム・ルイス、ニール・ブレア、リック・セナ、ダニー・コーエン
撮影：フィリップ・ルースロ、A.F.C. ／ ASC
美術：スチュアート・クレイグ
編集：マーク・デイ
衣装：コリーン・アトウッド
音楽：ジェームズ・ニュートン・ハワード

キャスト
ニュート・スキャマンダー：エディ・レッドメイン
ティナ・ゴールドスタイン：キャサリン・ウォーターストン
ジェイコブ・コワルスキー：ダン・フォグラー
クイニー・ゴールドスタイン：アリソン・スドル
クリーデンス・ベアボーン：エズラ・ミラー
リタ・レストレンジ：ゾーイ・クラビッツ
テセウス・スキャマンダー：カラム・ターナー
ナギニ：クラウディア・キム
ユスフ・カーマ：ウィリアム・ナディラム
アバナシー：ケビン・ガスリー
with
アルバス・ダンブルドア：ジュード・ロウ
&
ゲラート・グリンデルバルド：ジョニー・デップ

作者について

J.K. ローリングは、不朽の人気を誇る「ハリー・ポッター」シリーズの著者。1990年、旅の途中の遅延した列車の中で「ハリー・ポッター」のアイデアを思いつくと、全7巻のシリーズを構想して執筆を開始。1997年に第1巻『ハリー・ポッターと賢者の石』が出版、その後、物語の完結までにはさらに10年を費やし、2017年に第7巻『ハリー・ポッターと死の秘宝』が出版された。シリーズに付随して、チャリティのための短編『クィディッチ今昔』と『幻の動物とその生息地』（ともに慈善団体〈コミック・リリーフ〉と〈ルーモス〉を支援）、『吟遊詩人ビードルの物語』（〈ルーモス〉を支援）も執筆。また、舞台劇『ハリー・ポッターと呪いの子』の脚本にも協力し、脚本集として出版された。その他の児童書に『イッカボッグ』（2020年）『クリスマス・ピッグ』（2021年）があるほか、ロバート・ガルブレイスのペンネームで発表し、ベストセラーとなった大人向け犯罪小説「コーモラン・ストライク」シリーズも含め、その執筆活動に対して多くの賞や勲章を授与されている。J.K. ローリングは、慈善信託〈ボラント〉を通じて多くの人道的活動を支援するほか、子供向け慈善団体〈ルーモス〉の創設者でもある。J.K. ローリングに関するさらに詳しい情報はjkrowlingstories.comで。

本書は二〇一八年に静山社より刊行された同名書を文庫化したものです。

松岡佑子 訳

翻訳家。国際基督教大学卒、モントレー国際大学院大学国際政治学修士。日本ペンクラブ会員。スイス在住。訳書に「ハリー・ポッター」シリーズ全7巻のほか、「少年冒険家トム」シリーズ、映画オリジナル脚本版「ファンタスティック・ビースト」シリーズ、『ブーツをはいたキティのはなし』、『とても良い人生のために』、『イッカボッグ』、『クリスマス・ピッグ』(以上静山社がある)

岸田恵子 訳

(株)東北新社 外画制作事業部 翻訳室所属、映像翻訳家。主な映画作品の字幕・吹き替えの仕事に「ハリー・ポッター」シリーズ、「ミッション・インポッシブル」シリーズ、『パディントン』などがある

ファンタスティック・ビーストと黒い魔法使いの誕生
映画オリジナル脚本版

2024年11月6日　第1刷発行

著者　J.K.ローリング
日本語版監修・翻訳　松岡佑子
映画字幕・吹き替え　岸田恵子
発行者　松岡佑子
発行所　株式会社静山社
〒102-0073 東京都千代田区九段北1-15-15
電話・営業 03-5210-7221
https://www.sayzansha.com
翻訳協力　井上里
ルーシー・ノース
日本語版デザイン　坂川事務所＋鳴田小夜子
組版　アジュール
印刷・製本　中央精版印刷株式会社

Published by Say-zan-sha Publications, Ltd.
ISBN 978-4-86389-906-3 Printed in Japan

静山社文庫
ハリー・ポッターシリーズ

ハリー・ポッターと賢者の石

J.K. ローリング 作
松岡佑子 訳

意地悪な親せきの家の物置部屋に住む、やせた男の子、ハリー・ポッター。11歳の誕生日の夜、見知らぬ大男がハリーを迎えにきて――「ハリー、おまえは魔法使いだ」。世界が夢中になった冒険物語。シリーズ全20冊。

静山社文庫
ハリー・ポッターシリーズ

吟遊詩人ビードルの物語

J.K. ローリング 作
松岡佑子 訳

魔法界で育った子ならだれもが知っている童話集が人間界に届きました。第7巻で重要な鍵を握るあのお話のほか、全部で5つの物語が楽しめます。それぞれのお話に寄せられたダンブルドア先生のメモもお楽しみに！

イッカボッグ

J.K.ローリング 作
松岡佑子 訳

イッカボッグという怪物の伝説とその真実、希望、友情の物語。人々はイッカボッグなんて、創られた伝説にすぎないと思っていたが、ある出来事をきっかけに、この伝説が利用されることに。ハリー・ポッターの J.K. ローリング書き下ろし童話。

クリスマス・ピッグ

J.K.ローリング 作
ジム・フィールド 絵
松岡佑子 訳

クリスマスイブは、奇跡が起こり、あらゆるものに命が宿る日―ジャックとぬいぐるみは、魔法の旅をはじめます。失われたものを取り戻し、親友を見つけるために。J.K. ローリングが『ハリー・ポッター』のあとに初めて書いた児童書。